INK

INK

文學叢書

041

最後文告

郭箏◎著

目次

新版序

郭箏

天底下最尷尬的事，莫過於讓一個創作者重新審視自己以往的作品——或許不是因爲羞於看見從前的青澀或故作老成，而是瞿然發現從前滿腦子對於文字藝術豐沛的熱情與執著。

如今不得不承認，有些東西是會消失的，就像那段再也抓不回來的歲月流光。

作品再度付梓，當然要感謝印刻出版的初安民的慧眼（希望他不是走了眼）。

心中實有太多的感觸，只是欲語無言，還是讓這些作品自己去說話吧。

二〇〇三・六・一六

最後文告

上行音階

我的祖父在一九四九年秋末的一個晴朗日子裡，穿過長廊，輕叩門扉，晉謁當時身分曖昧不明，急得團團亂轉的前任中華民國大總統蔣介石。

我的祖父心情沉重，臉色甚至比蔣介石還黑，儘管天氣涼爽，金風曉振，我祖父的額頭卻仍沁出一顆顆汗珠。

他奉命草擬國民黨在大陸發表的最後一份〈告全國同胞書〉。我祖父當時心裡想：「還有什麼好告的呢？再漂亮的言詞也比不過七天前毛澤東在天安門上講的那句話。」

這是我祖父生平唯一的一次對自己的文筆徹底失去信心。

如今我坐在這兒揣想祖父那時的心情，自然無法像氣象播報員一般準確，但我似乎聽見祖父不知如何是好的呼吸，和極不規則的心跳。

「彙曾，」蔣介石說。「我們的群眾工作一直沒有做好，這要檢討。」蔣介石在那段國民黨全面撤退的日子裡，經常會把同一個念頭搬弄許多遍，我祖父早聽得耳根發癢，連我都有些膩味橫生。「黨要改造，軍事上的失敗完全都是因爲黨的失敗。黨已變成了一個老大不堪的黨。彙曾，到台灣以後，你要負起改造的責任。」

我祖父親眼目睹國民黨的歷史變革，如同親眼目睹一個火爆激進、天不怕地不怕的小夥子，逐漸變得昏庸老邁。

那一刻，房內面面相覷的兩個老人，腦中全未想到政治、經濟，或什麼狗屁勞什子的軍事策略，卻都在爲自己流逝的青春歲月而嘆息。

♫

不管是我祖父或蔣介石，大概都不能忍受某個東西由年輕變爲年老。

一九六三年夏天，祖父帶著我們兄弟到陽明山去玩，祖父一馬當先，一面譏笑我們小鬼頭走不動。他還吹噓他年輕時練過輕功，腿綁鐵沙袋、跳沙坑。他跨開馬步，做出立定跳高的姿勢，說是「旱地拔蔥」，那笨拙的樣子把我們笑倒在地。祖父似乎不太高興，但我們卻首次能夠穿透他平日嚴肅的外表，直接和他溝通。

那年我剛要升小學三年級，很爲每周一次的作文傷腦筋。祖父聽我抱怨完畢，立刻教我一個祕訣。他說：「一篇文章東寫西寫，最後歸結成一句『我們要反共抗俄，解救大陸苦難同胞』，包你得高分。」他哈哈大笑，像極了一個頑童。

我遵照他的法子，果然篇篇高分，不管作文、日記，或是什麼生活感言、母親節的信，末尾必定不忘來上這麼一招，不久便被師長同學冠上「才子」的頭銜。

當時我並不知道，這萬靈的口號就是在一九四九年的那個日子裡無意間攪弄出來的。

「際此存亡生死之交，我全國同胞救國自強之道，祇有徹底剿共，堅決抗俄！

那日我祖父寫到這裡，不覺精神一振，曉得自己逮著了好句子。

我祖父是符號學的專家，宰制意識形態的高手。蔣介石也差不到那裡去，不過他在一九二七年北伐失利，作出生命中的第一度「引退」之前，還不太懂得這一套，也因此吃了不少虧。

並沒有太多證據顯示蔣介石早年曾經懷著什麼樣的想法，但從他單槍匹馬刺殺「光復會」元老陶成章，爲孫中山出氣一事看來，他心中顯然深印著游俠的模型；再從他日後與青幫老大杜月笙交往密切一事觀察，他又有著幫派人物的痕跡。

好了，這種「鱸鰻囝仔」我們並不陌生。一九七一年，我被學校掃地出門的那個夏天，鎮日糾集狐群狗黨，四處閒蕩，覺得自己什麼事都幹得成。一次大夥兒喝得面紅耳熱，我大發議論道：「帶有一點文人氣質的流氓才能做大事。劉邦、朱元璋、蔣總統（那時誰敢直呼蔣介石？）都是同一類的傢伙。」

同伴們紛紛用食指封嘴作勢，生怕我被拖去槍斃。我說：「怕什麼？當有一天時機來臨，該我把別人拖去槍斃。」

這話或許便於日後爲我作傳的歷史學者下出「少有異志」的注腳。

游俠與幫派人物是中國傳統裡最奇特的品種，他們最明顯的共同特徵就是——極端的法西斯主義。大盜宋江就是一個很好的例子。

這裡提到的宋江不是眞實的宋江，而是小說裡的宋江。曠世奇才施耐庵先生五百年來受人誤解不可謂不深，大家都稱道魯智深、武松寫得多好多好，而宋江寫得多爛多爛，其實宋江是凌駕一切小說人物之上的小說人物。宋江的矛盾（一面斬殺貪官污吏，替天行道，一面又不忘效忠王室，隨時準備投降），正是所有幫派人物與游俠的矛盾。

但深一層想，這一點都不矛盾。他們反抗貪贓枉法的執法者，正因他們忠於尸位素餐的制法者。「如果由我來執法，社會絕對不會如此混亂」的中心思想，永遠占據他們腦袋最重要的位置。中國沒有左派的黑道，只有右派的黑道；沒有革命的黑道，只有保守的黑道；沒有製造混亂的黑道，只有嚴守秩序的黑道。

是的，秩序，「秩序」乃游俠與幫派人物奉爲性命的圭臬。再嚴苛的國家法律也比不上幫派的幫規，再嚴苛的道德教條也比不上游俠自設的非人戒律。

宋江與蔣介石都是這類品種的代表。

西方的超級法西斯主義者，如希特勒、墨索里尼之流，都是帶著流氓氣質的文人；中國的超級法西斯主義者，則是帶著文人氣質的流氓。

無論這兩者組合的比例爲何，發跡的原因則一。身處混亂時代的老百姓要求秩序的渴望，將他們推上執法者的寶座。這是很危險的位置，你執法執不好，馬上就會被另一批宋江打下來，於是你不能不嚴苛，不能不獨裁。

當然還有另一招更高明的解法——把自己升格爲制法者。

蔣介石刺殺陶成章之後，被孫中山臭罵了一頓。孫中山罵他的用意，也許並不在此舉使得孫中山難脫殺人的嫌疑，而是在警告他，必須往上提升自己的格局。

一九二七年寧漢分裂，共產黨與國民黨爭鬥不休，國民黨內部又紛爭不斷，蔣介石被武漢方面的宣傳砲彈轟得焦頭爛額，反攻徐州又失利，不得已首度引退，也首度領悟光會打仗是沒有用的。那眞是慘澹的一年，也是他從執法者轉向制法者的一年。

他終於明白符號的重要，開始留意拔擢善用符號的人才，也開始認眞考慮自己是否有超越孫中山的可能。

♩

我祖父寫過各種文體的文章，學術論文、雜文、宣言、文告，唯一沒寫過的只有小說。寫這類文章跟寫小說最大的不同，乃在於你提起筆來的時候必須理直氣壯，胸中萬馬奔騰，腦中波瀾壯闊，呼吸氣吞山河，然後戰鼓猛催，高喊一聲「殺」，振筆如飛，橫七豎八，鐵定是篇好文章。

寫小說則不能如此，也毋需這般。譬如我現在大寫蔣介石，理既不直氣亦不壯，更不用高聲吶喊。這當然會引來不少謾罵甚或恫嚇，而我大可視之爲狗屁，心仍極熱，筆仍極冷，絲毫不減繼續寫下去的興致。

但我祖父無意寫小說，一如我無意宰制別人的意識形態。一九二七年，他以一介窮教授的身分來到武漢，立刻捲入混亂的政治局勢。在共產黨、國民黨左派、國民黨右派、西山派相互角力的過程中，他震悸於共產黨創造符號的能力，像貝多芬的音樂直接命中一個天生樂手的心靈，一向寫慣學術論文的筆鋒，竟爾加添了煽動群眾的魅力。

這對他一點都不困難，他從小行文便是以氣使筆，猶如超凡劍客的以氣馭劍，理直氣壯的必要自然毋庸多言。

但此刻，他連呼吸都已快斷絕，手中的自來水筆活像一根軟趴趴的陽具。

凡是淪陷區的同胞，祇有自動團結，嚴防奸匪的破壞，埋頭苦幹，保持可用的力量，或堅持等待國軍的救援，或準備接應國軍的反攻。中◯（這是不敢直呼皇帝名諱的用法）負責保證，只要國軍有相當的準備，必將發動猛烈的反攻……

我祖父抬頭望了望蔣介石，倏忽間有被人扼殺的痛苦與惱怒。七天前，共產黨已正式在北京建立政權，共產黨的軍隊已控制了五分之四個大陸，而他卻坐在大陸的小角落廈門的某個小角落裡寫下這樣的句子：

近者半年以內，遠者一年以上，必可告慰我淪陷同胞，而不致有所貽誤……

♪

在我祖父重複不斷的噩夢中，自己總是仰躺著，驚顫注視蔣介石痙攣扭曲的臉孔，以及怪異地前後搖拱的身軀。

「我們要，反極權、反暴政、反奴役……」蔣介石喘息呻吟，喃喃囈語，不時翻動白眼球，額角青筋根根暴起。

祖父的噩夢會遺傳，最起碼遺傳給了我。我還在娘胎裡的時候，便已見識過蔣介石的模樣。

「那是誰？」我哭著問我媽。

我媽輕撫肚皮，極力安慰蹺曲成一團的我。「寶寶乖，他是我們偉大的領袖，民族的救星。」

「他在幹什麼？」我仍然哭著問。

我母親陷入困思，不知如何解釋。「他在念你爺爺寫的文告。」她立刻覺出我的不相信，又改口道：「他在念他叫你爺爺寫的文告。」

雖然我的大腦還未生長完全，卻也明白根本不是這麼回事兒。我的陽具猛然勃起，首次經歷了射精的快感。

我的祖父生平唯一的一次對自己的文筆徹底失去信心，手中的自來水筆活像一根軟趴趴的陽具。

> 共匪的幹部是農村原始暴動和殘忍鬥爭之中組織起來，訓練成功的。他們一到了工商經濟區域，特別是國際貿易的都市，就要遭遇不能解答的課題……

他一面寫，一面摸了摸揣在口袋裡的五張百萬元大鈔，不知它們現在還買不買得到一斤雞蛋。

一九二七年他在武漢深受共產黨的影響，把家鄉的佃農喚來，宣布道：「田地對於我沒有幫助，請你們把它分了吧。」

我祖父是符號學的專家，深知土地的價值也跟鈔票一樣，只是一個符號而已，你相信它有價值，它才會有價值。

「不過，這才是眞正的符號系統呢。」我祖父想到這兒，不禁一陣頹喪，很想丟下筆走出房去，但他也知道由不得自己。他並不懼怕蔣介石把他拖出去槍斃，而是他親手建立的符號系統早把他自己重重捆縛起來。

一九四四年，中國對日抗戰進行到最緊急的關頭，我祖父奉命撰寫〈中國的命運〉，提出了「十萬青年十萬軍」的符號，引得成千上萬的青年犧牲了性命。

從那以後，他就像被千萬條冤魂纏定一般無法脫身。

音階之頂峰及其轉折

儘管我絲毫不想宰制別人的意識形態，但小說其實就是一連串的符號。當我寫到這兒的時候，也跟我祖父一樣已經無法脫身。

然而我想起我的大伯爹。

一九九〇年夏天我跟我老子從台灣返回湖北老家探親，見到了我祖父的哥哥，他已經九十六歲，簡直跟我祖父長得一模一樣，我情不自禁地對他磕了三個頭。他是工程專家，一九四九年時任職湖北省建設廳長，因爲沒有政黨背景，並未跟隨國民政府撤退。共產黨進入武昌那天，他辦好移交手續，靜坐家中，一個班長卻帶著兩個兵找到他家，用槍抵住他的額頭，嚇得他四十年來都忘不掉。不過黃昏時分又有一名高級軍官前來道歉，請他照舊做他的建設廳長。

他精采的遭遇當然不只這一樁而已。

一九三七年，中國沿海已被日本封鎖，滇緬公路成爲中國對外的唯一通路，但這條路毀損得太厲害，必須重修，我的大伯爹便是這項鉅大工程的工程師。

從雲南到緬甸，要經過一千多公里蠻荒得要命的地方，瘴氣、癘氣、野人、野獸，不會動的險山急流、蔓藤植物甚至比會動的東西還要狠毒。築路工人全都是老弱婦孺，用幾乎最原始的器具，鐵鎚、扁擔、鋤耙，一寸一寸地與蠻荒搏鬥，終於完成了這條馳名中外的血汗之路。

但四年後，日本軍隊攻陷緬甸。從海外運入物資的作用不但頓成泡影，這條路甚至極有可能被日本人用來進逼重慶。我的大伯爹不得已又率領原班人馬由原路撤退，把一寸一寸辛苦築成的道路，又一寸一寸地破壞殆盡。

從某些角度來看，這確實是件很好笑的事，當然也沒有人會把做出這種可笑事的人當成英雄。

中國的傳統裡有各式各樣的英雄，有項羽的自刎烏江口，有諸葛亮的出師未捷身先死，還有勇敢的英雄、熱情的英雄、智慧的英雄、豁達的英雄、悲壯的英雄、暴躁的英雄、蒼涼的英雄、數奇的英雄、孤獨寂寞的英雄、神通廣大的英雄，但就是沒有可笑的英雄。

我的大伯爹比唐吉訶德還要可笑，但他卻是個不折不扣的英雄，尤其他全不惋惜自己一手破壞了自己一手建立的系統，這才眞正叫人驚異。

下降音階

事實是，我祖父的田地從未分給佃農，他也從未相信共產黨的那一套。

共匪對於集中都市的工商經濟和倚賴都市的農業經濟，採取妥協政策，就促成黨的變質；施用鬥爭手段就激起民眾的仇恨和反抗。今日北平的學生是逃亡了，天津的工人是抱怨了……

遠房表兄在一九四七年上海經濟大風暴期間任職報社，每個月領薪水都要雇一輛黃包車去拖，三、四隻麻布袋的鈔票直接拖去市場買米買布，比救火還急，因爲遲一步鈔票就可能貶値，就買不了那麼多啦。店家看見鈔票也不用數，拿根秤兒一秤，幾斤鈔票換幾斤米。一百萬元只能寄一封信，你還想怎麼樣？

相信它，它才有價值，不相信它連張衛生紙都不如，這就是鈔票、股票、房地產等等人類所創造的最大符號系統的特性，而我祖父終究不相信這些玩意兒的威力，不相信它們的價值有朝一日會超越他自己所創造的玩意兒，不相信它們會超越人與人之間的感情，患難中的一碗白米飯。

他在台灣去世的時候，口袋裡只有八千塊，那確實跟幾張衛生紙差不多。

♪

在我重複不斷的噩夢中，我總是回到少年時工作過的印刷廠，錯愕不置地站在鉛字架前，望著手中的稿子，生怕自己永遠領不到薪水。

鉛字架上其實只有三個字格，「中」、「央」、「共」，到底是「中央」還是「中共」？斗大的字格像巨獸的喉嚨，鉛字冷冷齜出獠牙，它們將吃下我，吃下所有的人，它們臃腫的軀體將塞滿台灣的每一個角落，雙臂伸開可以遮住全世界的天空。

我的背脊滾滾落下冷汗，陽具勃起，脹得發痛，最後總是以夢遺結束。

♩

我祖父生平唯一的一次對自己的文筆徹底失去信心。

即如戰時盟友的美國朝野，在最近四年間，就有一些人士認定中共匪黨是農民民主和土地改革政黨……

當他寫到這一段時，不禁感慨良深。

一九二七年，他以一介窮教授的身分來到武漢，擔任中央軍事政治學校武漢分校的政治教官，與一班共產黨徒與國民黨左派來往密切。

五月間，一支小軍閥部隊叛變，乘虛直逼武漢，汪精衛命令軍事政治學校與農民運動講習所合組中央獨立師，那農民運動講習所的主任便是毛澤東。

獨立師中的一團開駐咸寧縣，我祖父被任命爲軍法處長兼特務組長，指導政治工作隊，實質上成了共產黨的一員。

在咸寧縣農民協會如火如荼地展開打倒土豪劣紳的運動中，他震悸於農民殘忍的手段及經濟的迅速崩壞，像一條毒蛇直接咬中了他天生小地主的心靈，不免興起物傷其類之感。一向寫慣法學論文的筆鋒，竟爾加添了經濟學、社會學與反共黨理論的魅力。

他乘機脫隊，輾轉來到上海，發動一場中國社會史的論戰，奠定了學術上的地位。從此他開始大寫各種文體的文章，學術論文、雜文、宣言、文告，唯一沒寫過的只有小說。

一九八三年我發表第一篇小說，描寫一個犯人被凌遲處死的掙扎與憤怒，他看過之後，很滿意地說：「你的氣很夠。」

但我後來卻很不喜歡這篇小說，盡量減弱自己的氣，故意把筆變成一根軟趴趴的陽具，就像我祖父那天提起筆來的時候一樣。

美國對華政策與我們政府的戡亂政策互相扞格……我們爲此竟遭受重大的打擊……

蔣介石傾向資本主義大約比我祖父稍早一些，當然或者更早，反正這已無可考。表面上，一九二七年北伐軍攻克上海之後，是蔣介石正式與中國共產黨決裂，倒向保守主義陣營的關鍵。那眞是慘澹的一年，也是他從軍人轉向哲學家的一年。

這個莫名其妙的決定，埋下了後患無窮的禍根。蔣介石從來就不是知識分子，據說他小時候也讀過經書，但我懷疑他根本就讀不下去。

身處混亂時代的文人與哲學家卻硬要把他推上這個危險的位置。如果蔣介石不夠聰明，就會在這個位置上被埋葬掉，幸虧他後來悟出了一招更高明的解法——把自己變成超級的民族主義者。

一個頻向英、日、美等國示好，以籌措軍餉彈藥的超級民族主義者，雖顯得有些奇怪，卻畢竟躲掉了文人與哲學家的活埋。

文人與哲學家是中國傳統裡最奇特的品種，他們根本不懂法律爲何物，卻一直肩負著治理國家的重任。他們最明顯的共同特徵就是極端的神棍與泛道德主義。

中國一向不依人法，只看天道，所謂「聖王行法，必順天道」，連處決犯人都要與天氣相呼應。這種再籠統不過的以道德治國，卻曾引起伏爾泰那等傻瓜的羨慕。

法律泛道德化，政治也泛道德化，法律、道德、政治糾纏不清，文人與哲學家既是法學家、政治家，也是天道的詮釋者。這是中國的知識分子最嚮往達成的境界，其實說穿了，就跟遠古時代的祭司差不多。

他們有意地讓整個國家停留在遠古時代，以保持自己的身分地位。嚴格說來，「國家」這個詞兒根本用得不對，中國並非一個國家，而只是一個教派，教主高踞最上層，其下圍繞著一群神棍，成天大搞「禮」這種宗教儀式，廣大的教民則只有瞠目結舌，磕頭如搗蒜的份兒。

大家都誤以爲，中國的知識分子幾千年來一直受到了教主的愚弄與毒害，卻不知事實是：中國的知識分子幾千年來一直都在用同一套宗教儀式去埋葬他們的教主，壓搾他們的教民。

中國沒有前進的知識分子，只有後退的知識分子；沒有創新的知識分子，只有仿古的知識分子；沒有有雞雞的知識分子，只有沒雞雞的知識分子。

「一年以來，剿匪軍事屢遭挫敗，正確的國策不能收預期的效果，反致人民塗炭，政府播遷。中○德薄能鮮，願負完全責任……

我祖父是符號學的專家，宰制意識形態的高手，卻也免不了被傳統的意識形態所宰制。「爲什麼用『德薄』兩個字呢？」我祖父驀然警覺，心頭泛起強烈的厭惡之感。「德薄干個什麼屁事？爲什麼不實際一點，或乾脆說官吏貪污，軍人橫行？」

我祖父很想丟下筆走出房去，但他也知道由不得自己。按照幾千年來神棍們立下的慣例，局勢危急，皇帝下詔罪己之時，非得用這樣的句子不可。

神棍們緊攫不放的其實也只是一套符號系統，天道啦、聖賢啦等等之類的狗東西，近代中國的混亂便因這套系統崩解而起。孫中山與新一代的知識分子想用另一套符號來代替，諸如民主啦、人權啦等等之類的狗東西，卻似乎並不怎麼成功。

蔣介石絕對不是沒雞雞的知識分子，然而他在這個節骨眼兒上的處境是尷尬的。他自己並無能力建構一套符號系統，只好在傳統經書、三民主義甚至基督教教義之間，搜來尋去、拼拼湊湊。

蔣介石的本性全然不適合搞這種小把戲，他是屬於大龍擺尾型的人，寧願與黑道同流，也不願與知識分子合污。因爲執法者有朝一日還有可能成爲制法者，神棍卻永遠只能當個神棍。

但他終於擺脫不了神棍的牽累，神棍們在國民黨的大纛底下愈聚愈多，吸血蟲一樣地吸乾了他的精髓。

並沒有太多的證據顯示蔣介石晚年曾經懷著什麼樣的想法。他或許會追憶年輕時的狂熱急進，懷念爲理想爆發顫抖的瞬間，或許會怨恨自己天生小地主的成分，從未試圖深入廣大農民的生活，也或許會傷嘆國民黨早年策畫的群眾運動，曾激起全國多少熱血工農的追隨。

而那些，畢竟都已離他愈來愈遠。

不管是蔣介石或我祖父，大概都不能忍受某個東西由年輕變爲年老。

年老的祖父來到台灣，每年依然要寫無數篇文告與社論，但認眞說來，打從一九四九年那天之後，他就沒寫過任何一篇可以算作文章的東西。年老的蔣介石再也搞不出什麼把戲，只剩下將整個大陸縮影於台北市街的貧弱想像力。

不僅他倆垂垂老去，他倆創造的符號系統也垂垂老去，取而代之的是經濟學家與股票、房地產、明牌的炒作者。

而我直到高中還在寫那些套式化結尾的作文，不了解從「反共抗俄」到「反共復國」其中所蘊藏的國際局勢的微妙變化，更不了解新的符號系統的威力。

唯當我發覺作文分數愈來愈低的時候，才猛然醒悟一個時代已經結束了。

我們深信公理勝過強權，正義就是力量……

我祖父的陽具一陣痠痛，好像永遠無法勃起。黑影籠罩在稿紙上。

窗外太陽已落，蔣介石站在窗邊，臉上肌肉鬆弛，半明半暗。「彙曾，你看我們還有希望麼？」他忽然問道。「改造會有用麼？」

我祖父沒有答言。一個由神棍、官僚、投機商人、被拉伕的小毛頭所構成的龐大組織，是無法改造的，只有透過時間的屠戮，讓他們統統化歸塵土。

如今我坐在這兒，兀自感受得到祖父當時無奈的心情與想法。改造勢必會進行，也勢必無疾而終。這是歷史的必然，衰老的必然，一切必然中最必然之必然。

叩

事實擺在眼前，這篇文告根本一點屁用也沒有，但我祖父不得不繼續寫下去。在一九四九秋末的那個日子裡，涼風習習，寒意侵人，我祖父的額頭卻仍沁出一顆顆汗珠。

我們只有共同團結，一致奮發，竭盡一切可用的力量，堅持反共產國際侵略、反極權主義暴政的鬥爭。

我祖父忽然精神一振，搞清楚了自己到底在寫些什麼玩意兒。

必能恢復我們的領土，保障我們的主權，使中華民國的國體與國旗、國歌永垂不朽。中華民國萬歲！

我祖父如釋重負地放下筆，生平唯一的一次對自己的文筆感到意外，他寫了一篇自己從未寫過的東西——小說。

至於我呢，則寫了一篇文告。

如何處決一名嬰兒

二月十一日　星期二

今天正式接收一名嬰兒，同時住進弟弟的別墅。

應該停止寫日記的習慣，免得事發之後，成爲指控我的證據。

二月十三日　星期四凌晨

我受不了了。

如果再不把心頭的怨氣寫出來，我一定會發瘋。

那個小惡魔把我整慘了。我眞不明白人們爲什麼總是把嬰兒叫作「小天使」或「小可愛」或「小寶貝」或不管什麼東西，依我看，三個多月大的嬰兒根本是天殺的殺胚，你唯一能夠處理他的方法，就是把他像揉衛生紙般地揉爛掉，然後丟到抽水馬桶裡去。

我不該寫太多。我沒有揉爛他，卻在前天先揉爛了我的日記，現在我必須把它一頁一頁地鋪平……

星期四下午補記

那個天殺的殺胚只讓我睡了兩個鐘頭。是他自己堅定了我徹底實行計畫的決心，這不能怪我。

弟弟的岳母從台南打電話來，說她和她的二女兒要在二月二十日到台北來看她的小外孫，當然還要幫忙我料理我弟弟和她大女兒的喪事。

她在電話裡一直哭，哭得我快煩死了。她說如果不是因爲我弟弟趕著大年初二回台南娘家，他夫妻倆便不會撞死在高速公路上。

我安慰她說，凡事不必太悲觀，應往好的一面看，最起碼他們還留了一個種，不是嗎？

老太婆哭得更大聲。她說那眞是個奇蹟，崗崗居然毫髮無傷地逃過一劫，可見大難不死，必有後福（我看是那小殺胚八字太硬，剋父又剋母）；她還說他長大了一定能光耀門楣，使他的父母九泉之下也含笑。（怎麼著？我弟弟的錢還不夠多嗎？還要他將來跟我弟弟一樣爲富不仁，刻薄成家？）

老太婆直到最後才露出狐狸尾巴，她說她眞想現在就把崗崗抱在懷裡。我看她是想抱住弟弟一億八千萬的遺產，可惜她不是那小殺胚的監護人，也沒有我弟弟財產的繼承權。她這輩子休想染指半毛錢。一億八千萬統統都是我的，只要我按照計畫把那小殺胚……

我不要再多寫了。雖然這本日記簿遲早會被我銷毀，但我還是謹慎一點的好。

星期四深夜補記

他為什麼不肯睡覺呢？

他大概是在故意折磨我。

我已三天三夜沒有好好閉過眼，他還想要我怎麼樣？

要把他解決掉，其實容易得很，但他的外祖母和阿姨要來看他，在此之前我必須把他餵得白白胖胖的，我不能引起任何人的任何疑心，也不能給任何人以任何藉口把他抱走。

當嬰兒意外夭折之時，他必須真的像意外夭折。

他別想難倒我。他大概不知道我也是有兒子的……曾經有過兒子……

二月十四日　星期五

我簡直不能放下他超過半分鐘。

抱在手上明明已經睡熟了，但一把他放下，他立刻就醒過來，張口大哭，眞不曉得在搞什麼鬼。

世上醜陋之極莫過於嬰兒的哭相，臉上的皮筋肉拚命互相牽扯，扭皺成一團團好像剁爛了的生豬肝一樣的東西，無牙的紅嘴巴則像一個生鏽的喇叭，發出摧心裂膽的魔音。

聽說小孩子不能抱得太多，讓他予取予求你就完了；但又聽說不能讓男孩哭得太久，哭久了會哭成「大卵葩」。

我才不在乎他會不會變成大卵葩（反正他鐵定活不上半年，根本沒有發展生殖機能或其他機能的機會），但在二月二十日以前，他的卵葩必須保持正常的外貌。

我一定要養成他按時起床、按時睡覺、按時吃奶、按時排泄的習慣。

我要用當年對付我兒子的方法來對付他。

二月十五日　星期六

刷嬰兒耳光眞是好玩的事。

他的眼睛、鼻子、嘴巴在那一刹那全都變成圓的，圓得跟混蛋一樣。

這是他應得的懲罰——不按時睡覺。

依我定下的規律，他本該晚上十一點就寢，但還不到九點鐘他就已昏昏欲睡（這幾天來都是如此，九點鐘睡過一覺，三更半夜當然精神好得很），我想盡辦法不讓他睡，搖他、捏他，把他倒過來，但他最多只哭幾聲，眨個眼便又睡著了，想不通他怎麼會有這種本領。

我弄得精疲力盡，他卻睡得個沉，好不容易熬到十一點，我送他上床，嘿，可好，怎麼弄也弄不醒的傢伙立刻就醒，像條蟲一樣地扭來扭去，不斷乾嚎，眞叫我火大透了，而只要我一靠近他，他便馬上安靜下來，眼珠子骨碌轉，一副等人來抱的討厭相。

你別想用哭來挾制我，你這個小殺胚！

我給他一巴掌，叫他足足苦嚎了一個多鐘頭，我一直坐在旁邊看他哭，從來沒有這麼痛快過。

但我也必須承認，搞到後來我也有點慌了，他的臉哭成一片灰黑，四隻爪子蹺縮在胸前，蝦米似地全身抽動。

我趕緊衝到廚房泡奶粉，打翻了好幾隻罐子，等我衝回去的時候，他卻已經睡著了，滿頭是汗，臉黑黑的，活像一名陣亡的馬拉松選手。

二月十六日　星期日

終於睡了一場好覺，十分滿意。

不過也有美中不足的地方，我夢見老太婆發現了嬰兒的大卵葩。

起床後的第一件事，便是去看那安靜得出奇的小殺胚。你猜怎麼著？他竟望著我笑！我整了他一夜，他竟還笑得出來！

但他的笑容令我不禁起了點雞皮疙瘩。那種笑不是小孩子的笑，而是老人的笑，病得不能起身的老人以滿含包容、諂媚與歉意的笑，來傳達如下的意思：「對不起，給你添了許多麻煩，又惹你生氣，但我也沒辦法啊。」

從前總以為半歲之前的嬰兒比小狗還笨，現在我不得不徹底推翻了這理論。不管嬰兒懂不懂事、有沒有成人所謂的「心智」，他們的腦袋裡一定潛藏著某種東西，某種詭詐、神祕、邪惡的東西。

我忽然想起「前生的記憶」、「討前生的債」這類詞句，使我一整天都過得不太舒服。

二月十七日　星期一

中午出去吃飯，破天荒抱著小殺胚一起去。

這當然有目的，否則誰願意折磨自己的胃？

我走到豪華社區外的大路邊的小巷裡的小麵館，那裡的麵難吃極了，但沒有人介意，麵價是付給老闆女兒的屁股的，而不是付給麵。

我今天是第五次上門，前四次她連看都不多看我一眼，這次她端著麵走過來，臉上卻綻放出迷人的笑容：「喲，小帥哥！」

我的戰略顯然有令人滿意的開始，尤其那小殺胚還真幫忙，竟衝著她一笑。

那妞兒捨不得走了，半彎下身子儘逗他。她的背後正好是一面鏡子，正對著她高高翹起的屁股。

「小傢伙好逗啊！」她說。

我看她才眞逗呢，逗得我雞巴都硬了。

星期一臨睡前補記

繼續執行嚴格的紀律。

小殺胚聽話多了，只哭鬧半個鐘頭，心知沒轍兒，便乖乖地睡熟了。

我的政策顯然非常有效。

腦中猛地閃過靈感，我逮著了對付老太婆的方法——小殺胚被我這樣帶上幾天之後，一定無法適應老太婆又哄又拍的親熱勁兒，他一定會大哭大鬧，老太婆也一定忍受不了這種魔音穿腦（她已二十多年沒帶過孩子了，謝天謝地），最後她一定只好灰頭土臉，自討沒趣地滾回台南，而且還帶著非常不美好的回憶。一個月後，當她聽到小殺胚的噩耗時，說不定還會樂得多燒幾炷香呢。

眞是太完美了，我要加速養成他孤僻的習性，無法跟任何人親近。

後悔今天把他帶出去接觸陌生人，不過話說回來，若不是因爲他，那妞兒可能還不會理我呢。

那妞兒眞漂亮。

二月十八日　星期二

早上睡到十點才起床，小殺胚居然還沒醒。

我站在窗前往外看，發現這房子的花園可眞大。弟弟這幾年賺得眞凶，而我到現在卻什麼都沒有。最氣人的是他不但捨不得分我半毛錢，還把我當痞子看待。

其實我倆從前的交情還滿不錯的，他的籃球、彈子、數學都是我教的，但後來怎麼搞的，我也記不清了。後來他老罵我神經病，不跟我來往；我則嫌他臭屁，懶得跟他多嚕嗦。

他發財了以後，更嘔人，在父母親還未去世前，有時還會在老家碰上一兩面，他的一舉一動看著都叫人火大。

我望向小殺胚熟睡的臉，倒眞像弟弟，這使我更不能放過他。

我始終有點不明白，嬰兒的雙臂爲什麼總愛平平攤開，不論吃奶、睡覺或任何時候都直直地伸成一條線，好像釘在十字架上的耶穌，也很像那些布袋戲的尪仔。

耶穌在十字架上洗清了人類的罪孽，所以背負著原罪來到世上的嬰兒都要用這種姿勢來紀念他，這倒有理，但布袋戲又怎麼解釋？嬰兒都是尪仔，耶穌就是史豔文，尪仔背負著原罪走上戲台，耶穌用這種姿勢來紀念尪仔……我想我大概有點搞混了。

總之，我非常討厭看到他們這種鬼樣子，當初我只要一看見我兒子白癡一樣地雙臂平伸，就不由得火冒三丈。

我兒子比這小殺胚好得多了，但我依然討厭他得要命。望著自己初生兒子的那種感覺，眞是難以言宣，每個人都會說「我愛我的兒子，因爲他是我兒子」，天知道這裡面有多少違心的成分。我從不掩飾我對我兒子的憎恨，那不僅只是「從今以後，我再也不是獨一無二的了」，而是「想不到獨一無二的我，也曾經是這副白癡樣子」。

中國人常說「心」，而不說「腦」，的確有道理。我對我兒子的憎恨確確實實發自於心，一股酸酸麻麻、螺絲起子一樣向上鑽的厭惡之感，從心窩正中央一直鑽到喉嚨，即使連現在想到他也還免不了如此。

希臘有所謂「弒父戀母情結」，現代人叫得哇哇響，其實膚淺得很，只道中了半面而已。中國傳說裡薛仁貴與薛丁山的故事才有意思，父親先一箭射中兒子，兒子長大後又還了一箭給父親。

父子互相憎恨，只怕是天下至理，可稱之爲「薛氏情結」。

星期二夜晚補記

撥了個電話給淑思。

離婚一年多以來，第一次跟她聯絡。

她問我最近在幹什麼，我說在帶孩子，把她嚇了一跳。

告訴她弟弟的事。

她好像有點擔心。「你帶得來嗎？爲什麼不找個奶媽？」

我說帶個小鬼有啥大不了的，她的嗓音立刻提高起來：「當初毛毛被你帶成什麼樣子？」

我說他現在不是好得很？她說：「是哦，還好沒有再跟你住在一起，否則兩歲不滿就要進精神病院。」

我說我只要再跟他多住兩個禮拜，我就要先進去啦。

她說：「你反正後來還不是進去了？」

我說放屁！

婦人總愛大驚小怪，本想問她嬰兒大卵葩的事，只好算了。

掛上電話後，有回到當年婚姻生活的感覺，很奇怪。

二月十九日　星期三

去看醫生。

醫生檢查了一下，告訴我不用擔心，有些嬰兒的陰囊裡會稍微有些積水，不一定是大卵葩。

醫生的話令我放心，尤其最後他說：「小傢伙長得滿結實，不錯。」卻又補了句：「但味道不太好。」

他是醫生又不是獵狗，鼻子這麼靈幹嘛？只不過一個禮拜沒洗澡而已。

中午忍不住又帶他去麵館，那妞兒又湊過來了。「怎麼都是你在帶，他媽媽呢？」

我說她撞車死了。

「哎喲，好可憐。」那妞兒同情地說，十分溫柔地看著我，我則裝出憂傷的表情低頭吃麵。

這對孤兒寡父遲早會打動她的心。

晚上替小殺胚洗了個澡，青蛙一樣的東西，亂噁心的。睡覺時小殺胚又不乖了，我把他翻過來，叫他趴著睡，他那兩條香腸一樣的短腿一直踢，又哭又叫，我才不管他咧，今天既已通過了醫生的檢驗，明天老太婆來，諒她也沒什麼好說的。

我狠狠地瞪著小殺胚，他終於安靜下來，我想是因爲我的眼神很有威嚴的緣故。人類對神明的恐懼大概就是這樣來的，無所不在的「上帝的眼睛」，其實根本就是失眠父親的紅眼珠。

花了一個多鐘頭揣測老太婆和小姨子究竟是什麼樣的人。最討厭跟陌生人談話，結果居然要跟兩個陌生人在同一個屋頂下生活十天之久，眞受不了。

一見面是不是要端茶給她們喝呢？愛出汗的手心萬一把茶杯弄得濕答答的，不是很討人厭嗎？萬一忍不住在她們面前放了個屁呢？萬一……

唉，不想了，煩死了！

二月二十日　星期四

老太婆比我想像中還要難纏。

她絕不露出半點疑心與貪心，反而極口誇獎我把小孩照顧得很好。

「不簡單哪。」她說。「這小東西我也帶過一、兩天——他一個月大的時候，眞會鬧，麻煩得很。他媽媽本來找了個保母，這事你知道吧？哦，不知道啊，那保母只帶他九天就辭職了，說她受不了，頭痛！」

我吃了一驚，想不到小殺胚曾有這麼輝煌的紀錄。

「沒瘋掉算是好的。」弟弟的小姨子不動聲色地說。

近來我的桃花運似乎很旺，這又是一個少見的美女，但她神態一直冷冷的，看久了約莫會叫人陽萎。

老太婆把小鬼接過去抱，一面又哭了起來，喃喃地說些「可憐喲」之類的話。小殺胚倒還眞配合我的計謀，猛地一皺老人臉，嚎啕大哭。

老太婆頓時手足無措，我故意不伸手去接，只告訴她要像肚皮舞孃一樣地左右搖晃，光抱著不動不行。

老太婆可笑地扭動腰肢，東搖西擺，小殺胚卻愈哭愈大聲，老太婆只好趕緊把他還給我。

「眞搞不過他。」老太婆尷尬地說。

我安慰她說習慣就好。

我才不相信她習慣得了。

二月二十一日　星期五早晨

那個噩夢又來找我，早上醒來一身是汗。可惡的夢，抓著我不放。可惡的空空的水泥房間，可惡的比人大好幾倍的水泥圓球。圓球輾過地面，聲音鈍重又難聽，它一直朝我輾過來，我躲入角落，它雖輾不著我，卻仍一直磨我、擠我……

它遲早會把我逼瘋，那個混蛋東西、混蛋東西、混蛋東西……

星期五

老太婆對小殺胚不太熱中了，她一抱他他就哭；小姨子則根本連碰都不碰他。一切都不出所料，只是屋裡多了兩個敵人，做起事來眞不方便。雖然房子很大（我故意把她們的臥房安排到最遙遠的角落），但我還是怕小殺胚的哭聲被她們聽見。

我頭一次好言好語地哄他睡覺，他居然一眨眼就睡著了，似乎很安穩的樣子，經過一連串激烈的爭鬥之後，再來點懷柔手段，倒眞有效。

人類的政治學大概正是由此發軔。

二月二十二日　星期六

度過極端無聊的一日。

大家規規矩矩地在客廳裡坐了一下午，既沒什麼話好講，電視又難看。客廳裡的氣氛愈來愈不對。本來嘛，我從沒見過她們，而她們透過弟弟的大力介紹，多半會以爲我只是個痞子。

最後搞得我沒轍兒，沒話找話講，問那小姨子是學什麼的。嘿，猜都猜不到，她竟是哲學系的高材生。

再接下來就壞了，她反問我是學什麼的。我支吾了半天，實在躲不過，才很小聲地說我什麼學也沒學。

她們母女倆齊聲「哦」了一下，那聲音眞像在大便。

更壞的還在後頭，當我很不爽快地咳了一下之後，小殺胚竟放聲大哭起來（他非常熟悉我的咳嗽聲，咳嗽正代表他馬上就有苦頭可吃）。

如此當眾哭泣，實非我計畫之內，到現在爲止，我只懂得怎樣讓他哭，卻不知如何才能停止他哭（他哭累了自然會停止）。

我想我大概有點慌亂，老太婆猶豫地接了過去，小殺胚不但頓時停止哭泣，竟還望著她笑了起來。

老太婆眉眼都開啦。「乖外孫，乖寶寶，你終於認識我啦……」

還好我反應快，掏出一根菸，假裝掉在地上，乘著低頭去撿的那一剎那，在小殺胚的腿上死命擰了一把。

甭說，小殺胚哭了老太婆一臉口水，我順理成章地把他抱回來。「應該是餓了。」趕緊抽身離開是非之地。

小殺胚眼中噙著淚水，小媳婦似地望著我。

你也知道你要倒楣了？小兔崽子！別想向別人討好賣乖求救兵，跟我耍，你早著呢！休想逃出我的掌握。

二月二十三日　星期日

中午藉故不跟她們吃飯，跑去麵店。

麵妞兒（我給她取的外號，一則麵粉正可形容她的皮膚，一則她家煮的麵條老是扭來扭去）顯然很高興看見我。我帶著青年喪妻的鰥夫應有的憂鬱表情，朝她憂鬱地笑了笑。

這一定把她迷死了。

我故意來得比較晚，店裡沒有別的客人。麵妞兒把小鬼接過去抱，我則大蓋育兒經驗。

最後她說：「我很喜歡小孩子，但我恐怕帶不好。」

我建議她應該找個有經驗的丈夫。

不知她是否明白我的意思。

星期日夜晚補記

老太婆把小殺胚抱到她房裡睡覺。

老太婆的陰謀逐漸顯露，我不能讓她得逞。

星期日夜晚再補記

第三次到老太婆房外走動時，聽見小鬼頭在裡面哭。

我敲門問她怎麼回事，她說還好，應付得過來。

我說還是我帶他比較習慣，但她不肯放手。陰毒的死老太婆！

星期日深夜一點補記

再到老太婆房外察探，裡面沒有聲音。

我一定要粉碎老太婆的陰謀，一定要！

二月二十四日　星期一深夜

老太婆和小姨子一大早便去殯儀館接洽出殯事宜，我當然以帶小孩子爲名，藉故不去。弟弟那個死鬼，早該死掉十次以上了，還要我替他辦喪事，門都沒有！

送她們上車之後，心中忽然浮起一種類似顫抖的莫名興奮感。已經四天沒有好好地整小殺胚了！

我簡直是懷著新婚夜抱新娘入洞房的心情，將小殺胚抱入房內，放在床上，拖過一把椅子，準備進行八個小時的長期對決。

奇怪的是，我把他放開他竟不哭，還對著我笑。別以爲我下不了手，混蛋東西！

我換了點新花樣來折磨他。我從酒櫃裡拿出一瓶XO（那裡面至少有三百瓶我叫不出名字的洋酒，充分顯示屋主的暴發戶性格），用湯匙裝了大約五CC，誘他開口，一古腦兒灌了進去。

小殺胚先楞了一下，再嗆了兩聲，還不確定自己是否被整，又嗆了兩下，酒火上升，這才嚎啕起來。

痛快極了！

我又拿來一隻高腳杯，一面自斟自酌，一面欣賞他的苦相。

當老太婆和小姨子回來的時候，看見一個東歪西倒的醉鬼和一個熟睡的小鬼，大概覺得很驚訝。

眞丟臉。頭還在痛……

二月二十五日　星期二

老太婆把小鬼霸占了一整個上午。

她頻頻用醉酒事件來打擊我，而且懷疑昨天小鬼嘴裡的酒氣。她說她知道我對弟弟的死很難過，但也用不著借酒澆愁嘛，尤其我喝醉了酒更不能去親小孩，小孩會被酒熏到的……

好個拐彎抹角罵人的老不死！

僵持到下午，我乘老太婆手忙腳亂泡奶粉的空檔，偷偷抹了點胡椒粉在奶頭上面，小殺胚當然呼天搶地地大叫起來，我順利奪回了帶領權。

但晚上老太婆又奪了過去，還好臨睡前我又奪了回來。

老太婆愈來愈難纏了，希望她跟死鬼弟弟一樣被車撞死。

二月二十六日　星期三

爭奪戰繼續進行，只一上午，陣地便五度易手，我和老太婆在客廳中仇恨地瞪視對方，尋找任何空隙與弱點，一逮到機會便發動無情的攻擊。

小鬼莫名其妙地被轉來轉去，起初有點發呆，但後來竟樂得大笑，大概是他出生以來最高興的一天。

老太婆最後使出撒手鐧，藉口小姨子對台北不熟，要我陪她上街去買東西。

我又不是笨蛋，這麼好騙？不過看在美人的分上，我寧願被騙！

小姨子這幾天一直很沉默，既不跟她媽媽說話，更對小鬼敬而遠之，孤僻得很，也許是學哲學學壞了腦袋，那知她一出門的第一句話就把我嚇了一跳。

「眞想把那個小死鬼殺掉，煩死了！」

我本還以爲她是老太婆派來刺探我的，但後來看著實在不像。她滔滔不絕地述說自己對小孩的厭憎，「看到他們四肢短短的，屁股大大的，手摸不到頭頂的畸形樣子就噁心。」尤其小殺胚，她曾在一個多月大的時候帶過他一天，「被他搞死了」、「眞想親手掐死他」。

她把我弄呆了。然後她又嚇我一跳，「跟你弟弟一樣討厭。」

我又開始懷疑她有意試探，但是後來又覺得不像。她滔滔敘說我弟弟從前沒錢之時低聲下氣，搖尾乞憐，有錢之後財大氣粗，目中無人，「簡直想從背後打他一槍。」

她眞是個暴力哲學家。

我故意說弟弟的本性並不壞。

「是嗎？」她說。「我本不該告訴你，但他時常在我們面前罵你是神經病。」

好哇，死鬼東西！你雖沒落在我手裡，但你兒子落在我手裡也是一樣。

和哲學家愈聊愈愉快。陪她去買了一些絲襪和衛生棉。

回家的路上，她又沉默了一下子，我還以爲她腦袋又壞了，不料她竟冒出一句：「我覺得你很偉大。」

這是我今天的第三跳。

她說我弟弟對我這麼不好，我卻始終很體諒他，甚至幫他照顧遺孤照顧得跟自己的兒子一樣，簡直可以算是聖人的行爲。

星期三深夜補記

一直躺在床上思索「偉大」的含義。

二月二十七日　星期四

弟弟和弟媳出殯。再怎麼藉故都逃不掉的酷刑。

小殺胚當然也要參加。家屬總共不過我們四個人而已，單薄得不得了。前來致祭的多半都是弟弟生前的股友，一面裝出哀悼之情，一面竊竊討論今天的行情。

我答禮答得膝蓋都痠了，不過也大有收穫，因爲我同時盤算出四條處決小殺胚的計策。（這些要記在後面。雖然容易，但要做得不著痕跡，還得細加斟酌。）

送上山的人稀稀落落，我聽見一個傢伙在我背後小聲說：「那就是他哥哥？聽說是個痞子。」

眞想把抱在手裡的小殺胚朝他頭上砸過去，恰恰一石兩鳥。但還是忍住了，小不忍則亂大謀。

世上也眞有報應這回事。老太婆不知怎麼搞的，燒香拜拜的時候正好把一束香頭全戳在那傢伙的屁股上，燙得那傢伙跳起來哇哇叫。

太爽了！

處決小殺胚的計策

A・把他直接從樓上摔下去。馬會失前蹄，人當然也會失前手，對不對？

優點：直截了當。（一次摔不死，還可以摔第二次。）

缺點：難脫過失殺人的罪名，最起碼會引起人家的懷疑。

B・先在我自己身上培養感冒細菌、百日咳細菌、扁桃腺炎菌或不管什麼菌，再傳染給他。

優點：不著痕跡，不啓人疑竇。（一次傳染不成，還可以傳染第二次。）

缺點：我從六歲開始就沒有生過病，細菌在我身上大概活不了。（小殺胚也很強壯，萬一傳染他不成，反把自己弄死了，豈不是太划不來？）

C・把他放在嬰兒車上，再讓他順著社區前的下坡路一直滑到大路上，被過往車輛輾得粉碎。（一次輾不成，還可以輾第二次。）

優點：頗像意外事件，尚可因爲嬰兒車沒有防護設備、安全氣囊或ＡＢＳ裝置，反告嬰兒車廠商一狀，再賺一筆外快。

缺點：台灣駕駛人的技術都太好，滑下去十次大概十次半都撞不到。

Ｄ・安排一場假綁票事件。歹徒覬覦弟弟的遺產，綁走小鬼來勒索我，結果贖款尚未交出，小鬼已浮屍在某個挫魚場內。

優點：符合當今社會風氣，順理成章得不得了。不但可以供應各個媒體大肆炒作的題材，我自己還可以上電視呢。（太正點了！）

缺點：過程太複雜，而且又把警方牽扯在內，不妙！（台灣可歌可泣的警察太厲害了，惹不得！）

二月二十八日　星期五

今天似乎應該是悲情的一天，結果卻度過了頂頂荒謬、頂頂混亂、頂頂雞飛狗跳，比「二二八」還要淒慘的一天！

中午又抱著小鬼出門，想去麵店吃麵，不料竟在大路邊上碰見了淑思和毛毛。

淑思說，想來看我帶小孩有什麼麻煩沒有。

一年多沒見，毛毛變得好大了，已會自己走路，淑思要他叫我「爸爸」，他乖乖地叫了，一面挑著眼角打量我，還滿可愛的哩，真想不通從前那麼討厭的傢伙怎麼會有如此轉變。

淑思把崗崗抱過去，極口稱讚我帶得還不錯。淑思好像也變得漂亮多了，跟當年我追她的時候一般模樣。

可見婚姻之害！

淑思見我一直盯著她瞧，竟紅了臉。我的天！真想抱住她親一下。

正在濃情蜜意的當口，卻發生了意想不到的尷尬事情。麵妞兒不知爲何正好路過，她跟我打招呼的時候，我差點楞住了，一心希望她快點離開。

毛毛這死小鬼（我早就知道他是我一生禍亂的根源）竟拉了拉我的褲管，又叫我一聲「爸爸」。

麵妞兒意外地停下腳步。「原來你有兩個兒子啊？」她話一出，我就知道我完了。

她又說我本領眞大，在妻子去世之後，居然還能獨力照顧兩個孩子。

淑思望著我說：「哦，我不曉得你的太太已經死了。」

但噩運還未就此打住，哲學家正好也從社區內出來，又是個那壺不開提那壺的傢伙，衝著淑思就說她一定是我的前妻，對不對？又捏了捏毛毛的腮幫子，說到底是兒子比姪兒更像爸爸，還叫他們堂兄弟握個手。

麵妞兒把我們幾個輪流看了好幾遍，最後才說：「我不懂這是什麼把戲。」掉頭就走了。

淑思也說：「我也不懂。」帶著毛毛走了。

哲學家委屈地說：「我好像不該過來的，是不是？」她也走了。

既然大家都走了，我也只好走了。

二月二十九日　星期六

一大早，淑思又帶著毛毛來了，她一定是來報復我的。但她卻跟老太婆攀談起來，不一會兒便談得興高采烈，頗有相見恨晚之慨。淑思把我從前帶毛毛的種種事情都抖了出來，老太婆卻說我現在進步很多。不知她心裡在打什麼鬼主意。

哲學家悄悄跟我說，淑思好像是個賢妻良母，雖然她並不喜歡她。

淑思也抽空悄悄問我，是不是對我弟弟的小姨子有興趣？「看起來似乎腦袋不太正常。」

這些娘兒們都變得怪怪的。

老太婆和哲學家終於在傍晚返回台南。臨走前，老太婆又一把鼻涕一把眼淚地抱著崗崗，說了許多莫名其妙的話，還直想把他弄回台南去帶一陣子。

老太婆的陰謀終於敗露！

我以法定監護人與第二順位繼承人的身分嚴詞拒絕了這陰毒的請求。老太婆卻仍捨不得放手，搖著搖著，忽然一個重心不穩，差點把崗崗掉到地下，幸好我手腳快，一把扶住。

我把老太婆臭罵了一頓，罵得她一楞一楞的，但最後她說：「有你帶他，我很放心。」

老太婆大概認輸了，而且有她這句話，將來會對我很有利，說不定還可以幫我當證人呢。

一切如我所料，非常滿意。

星期六深夜補記

忽然發覺我好笨。剛才爲什麼要伸手去扶呢？如果老太婆那一下摔死了他，不就功德圓滿了嗎？

眞笨！笨！笨！笨！

三月一日　星期日

生活回復平靜。

起床。餵奶。換尿片。玩耍。吃飯，小鬼也吃了幾粒。餵奶。拉屎（是他，我的不用記）。換尿片。睡午覺。很乖。起床。玩耍。換尿片。餵奶。吃飯，小鬼又吃了幾粒（不曉得會不會消化不良）。看電視。洗澡。睡覺（一哄就睡）。

最近的日記都記得太長，以後要記短一點。

三月二日　星期一

小王八蛋又給我吵了一上午，怎麼哄都哄不聽，拉直喉嚨，皺起那張醜臉鬼哭神號，討厭死了。

三月三日　星期二

決定在三月十二日執行計畫，任什麼也更改不了我的決心。

奶嘴這蠢東西好像還眞有用。
雖然小殺胚銜著這蠢東西顯得更蠢，但起碼不會隨便亂鬧了。
不敢想像我自己從前也咬過這蠢東西，露出這副蠢相。眞叫人受不了。
怪不得每個人面對嬰兒的時候，都會討厭自己。

三月四日　星期三

鼓起勇氣去吃麵。
不斷向麵妞兒訴說自己愚蠢的錯誤。
麵妞兒起初不理不睬，後來卻忽然噗哧一笑，說她覺得我很可愛——雖然有些可惡。

星期三深夜補記

一直躺在床上思索「可愛」的含義。

三月五日　星期四

哲學家從台南打電話來。

她說她好想念我們。我有點奇怪地問她「我們」包括了誰跟誰？

她說她好像已經不再厭憎小孩了，而且連我都能把小孩照顧得這麼好，她相信她以後也能辦得到。

我們聊了兩個多鐘頭。

性感的哲學家。

電話費大概會把老太婆嚇死。

晚上嫌崗崗太安靜。他應該一直討厭到三月十二日，所以我乘他起勁地吸吮奶嘴的時候，猛地將它拔出來，然後坐在旁邊看他足足討厭了一個小時。

還沒想到萬無一失的方法，要加把勁兒了。

三月六日　星期五

淑思又帶毛毛來玩。
毛毛滿屋子亂跑，把東西弄得亂七八糟。
和淑思談論這一年多來的情形。她還不準備再嫁。
淑思說我的症狀好像減輕了許多。
什麼症狀？簡直胡說八道！
淑思說我大概不適合結婚。我說不一定是婚姻的問題。人不能習慣於推諉的說詞，太恐怖了。
毛毛和崗崗玩起來了，但沒多久就把小鬼弄得大哭。罵了毛毛一頓，淑思竟未攔阻。一瞬間，腦中居然浮起「天倫之樂」這樣的字眼……不多寫了，討厭。

三月七日　星期六

又和麵妞兒鬼扯了一下午。我發現我其實是一個滿受歡迎的人——只要我願意的話。

三月八日　星期日

想到了。

社區後面有一處懸崖，怕不有三十公尺深。先用硫酸把嬰兒車的剎車腐蝕掉，再裝著和人聊天，手一鬆，讓車子滑落下去。

方法雖不是挺好，但箭在弦上，不得不發，再拖下去勢必夜長夢多。

就這麼幹。

三月九日　星期一

小心地把硫酸弄到剎車上。

小傢伙愈來愈安靜，見到我就笑。

我又拔掉他的奶嘴，讓他討厭了一陣子，我坐在旁邊看，但好像已漸漸麻木了，再沒有以前的那種快感。

沒有情緒是很糟糕的事。

無聊。

三月十日　星期二

淑思來電，說毛毛發高燒，已送進醫院。
本來不想理會，但後來不知怎地，還是把崗崗交給麵妞兒，趕了過去。
淑思急得跟母猴子一樣，結果卻只是得了德國痲疹而已。
淑思叫我回來帶崗崗，我又多賴了兩個鐘頭才去麵店，麵妞兒餵了小鬼一嘴爛麵糊，好像一條口吐白沫的瘋狗。麵妞兒笑得要死，還說如果是她的兒子就好了。
我說兒子容易解決，但她想把兒子的爸爸怎麼樣？
她紅著臉打我一下。
我猜我今天晚上一定會夢遺。

三月十一日　星期三

整天推敲明天的種種細節，務必要做到天衣無縫。

懸崖邊的小公園總聚著一堆三姑六婆，找到一個人假裝聊天不是難事。我要當眾誇張地踩下嬰兒車的剎車，讓她們以後都能成爲我的證人。難就難在鬆手的時候，方向一定要對準，千萬別撞到大樹或石凳。

又檢查一次剎車，看起來跟自然損壞差不多，很滿意。

臨睡前陪小鬼玩了一陣子，這是他最後一夜，理當快樂一點。小鬼頭愈來愈會笑了，但這不會動搖我的決心。

三月十二日　星期四

去懸崖邊逛了一圈，又回來了。

沒找到人聊天。

晚上又和崗崗玩了一會兒。

三月十三日　星期五

又去懸崖邊轉了一下午。

雖找到人聊天，但那兒人太多，恐怕車子沒掉下去已被人擋住。
淑思和哲學家都打電話來。
晚上吃麵，和麵妞兒逗小鬼一直逗到深夜。
明天一定要執行計畫，心情好的時候做事一定很順手。

三月十五日　星期日

昨天是多少年來第一次忘記寫日記。
明天一定要……
我發誓！再不下手，天誅地滅！

三月十六日　星期一

今天因爲……

三月十七日　星期二

我幹……

三月十九日　星期四

今天天氣很好，晴空一碧，萬里無雲，鳥語花香，春色撩人。

饅頭是圓的，麵包是有的（列寧語），人生是美好的，心情是沮喪的……也不一定沮喪，說不定還很好……我他媽的也搞不清楚！

昨天又忘了寫日記……我寫這些幹嘛！

三月二十一日　星期六

和太太們聊天聊了一下午。

本有很好的機會，但認眞想想實在不必這麼急，將來再慢慢來吧。

晚上和麵妞兒在麵店看電視，她吻了我，我也吻了她……忘了是誰先開始的。

三月二十五日　星期三

今天尚尚滿五個月。

五個月離二十歲成年還早著呢，到那時候財產大概已被我用得差不多了。

新買一部嬰兒車和一些玩具。

建議社區委員會應在懸崖邊加裝鐵欄杆，他們難道不怕小孩子掉下去嗎？一群缺乏公德心與責任感與社會道義與人道關懷的人渣！

四月一日　星期三

慶祝愚人節！（這是世上最有哲理的節日。）

小傢伙的麻煩愈來愈多，眞不知他是愚人，或我是愚人。

以後大概沒時間寫日記了……

畫一張大白臉

全都要怪張七那個搞化學的傢伙，眞是要命！

搞化學的人千萬不要票戲，這是大夥兒經過那次事件後的結論。說起票戲這碼子事兒，本就有點可笑。我當初在大學時代之所以參加「平劇社」（如今該叫做京劇了，對不起），一方面是因爲好玩，另一方面則是爲了順順（她已是我好友的妻子，不提也罷）。

總之，「平劇社」是所有社團中最無趣的社團，換句話說，參加這個社團的人都是些最無趣的人。

我記不起我這一生中有任何波瀾壯闊的遭遇，即便是池塘中的漣漪都跟我無緣。我和順順默默相戀，默默分手，她默默投向另一個默默的人的懷抱，而我們至今默默地偶爾見見面——當然都有她默默的丈夫在場。

本來我們這群人注定了要平淡無味地度過一生，偏偏竟發生了那件事。

那天是大夥兒畢業後八年來，「平劇社」的第一次聚會。

張七一進門就大咋小唬：「我們終於可以勝過大陸的京劇了。」

這話來得實在突兀。憑什麼？大家心裡都在想。只要是看過半捲大陸京劇錄影帶的人，就知道台灣充其量只能誇口楊麗花的歌仔戲而已。京戲？免了吧，沒來由笑掉人大牙。這也是當初多少懷著些熱忱憧憬而參加「平劇社」的我們，近年來不太想聚會的原因。

專攻青衣的順順嬌滴滴地問：「你剛剛喝了幾杯酒？」

張七一笑。「我沒瘋，我說眞的。」他從隨身的公事包裡掏出十幾罐各色粉墨，然後又取出一瓶化學藥劑。「這就是我的祕密武器。」

「吊嗓神水？」順順的老公楊老實猜測著說。

「放他媽的狗臭屁！」當年被大夥兒譽爲奇才，如今卻以開計程車爲業的李鐵嗤了一聲。「他被他老婆整壞了。」

張七的懼內已非祕密，糟糕的是，他自己也百分之百地承認這一點。

他不好意思地搔搔頭皮。「這跟我老婆無關，我鄭重聲明，這純粹是我工作上的研究所得。」

「那就讓我們看看吧。」王守中懶洋洋地說。五年公務員生涯已把他磨成了一個知足常樂、恬然自得的在家居士。

「你們瞧，這種化學藥劑一旦摻進粉墨裡，就會顯出無比鮮豔的色彩，咱們別的比不上大陸，但最起碼，我們的門面會比大陸光鮮得多。」張七說著，把藥劑調入粉彩之中，然後在手背上畫了一抹寶藍，乖乖，果然不錯，即使南洋的天空與海水也比不上它的豔麗。

「咦，有一套哦。」李鐵動手將藥劑調進各色顏料，順手就在楊老實的鼻尖上抹了一道白。

大夥兒哈哈大笑，楊老實也跟著大家一起笑，但當順順把他推到浴室去洗臉之後，他可笑不出來了。

「喂，怎麼洗不掉啦？」

我們聽見浴室裡發出一聲慘叫，連忙衝進去一看，只見他在鏡子前緊張得又嚷又蹦，雙手往臉上亂摳，活像一隻被人捉弄的猴子。

「唉，糟糕，我還沒試驗過它洗不洗得掉呢。」張七呆呆地說，也把我們全都搞呆了。

「好哇，你的禍可闖大了！」李鐵竟有點幸災樂禍的樣子。

楊老實年底就要參加選舉。三年前，他父親以龐大的田產爲後盾，把兒子首度推上競選台，耗資鉅億買票，結果卻以第一高票落榜，氣得他老人家從此臥病不起。這回楊老實捲土重來，誓言不花一毛錢買一張票，可以想見他的心情複雜，除了有向父親贖罪的意思之外，彷彿也想證明父親的病乃是上天給予的報應。

這下可好，有白鼻子的候選人嗎？

我們七手八腳，想盡各種辦法，但就是弄不清爽那個可笑的白鼻子。

「張七，你這死傢伙，我跟你沒完！」一向柔順的順順也禁不住火冒三丈。

「唉，算了吧，發脾氣又解決不了事情。」我按捺下狂笑的衝動，一本正經地說。「距離選舉還有一個月呢，張七總能調出解藥來。」

這武俠小說式的用語彷彿使張七深受刺激，懷著干將莫邪鑄劍的深沉責任感，一頭鑽回實驗室，潛心鑽研破解之道。

怎奈日子一天逼近一天，眼看選舉起跑的日子就要到了，他老兄卻仍弄不出個結果。順順天天跑去他任職的公司打探消息，卻總帶著通紅的臉孔與通紅的眼珠回來。

大夥兒不得已又召開全員會議，商討對策。

李鐵開著他的計程車載我赴會。一路上，他喃喃自語地不知盤算什麼，忽然冷笑一聲：「如果要問我的看法，楊老實根本活該。財主問政，財主當家，台灣還有前途嗎？他選不上，我放一百串鞭炮慶祝。」

沒錢人消遣有錢人乃天經地義之事，我本也不覺得奇怪，但當我們抵達楊老實家，大夥兒開始各自獻策的時候，他的用心可就令我詫異了。

「既然現階段洗不掉，」李鐵皮笑肉不笑地說。「我們乾脆就把它再加大一點。」

「加大一點？什麼意思？」

「光只鼻尖是白的，未免太驢了。大家都唱過戲，想想戲台上的那些臉吧，有沒有可以借用的地方？」

「戲台上只有兩種白臉，一是全白的曹操，二是半白的小丑。」王守中說。

「這豈不正合乎我們現在的政治環境？如非奸雄便是小丑。」李鐵連皮帶肉都不笑了，我卻看出他在心裡發笑。

他的提議當然沒被接受，但其他人也想不出什麼辦法，只好草草散會。

三天後，李鐵又來載我去「觀賞」楊老實的第一場自辦政見會。

我忍不住問他：「你眞的那麼討厭楊老實嗎？」

李鐵冷笑了笑。「不是討厭，是我心理不正常，我說眞的，我只要一看到他，心理就正常不起來。」

他也許說中了我們這群老同學心底的話。

「尤其是你，」李鐵故意不看我，直視前方。「想起順順，你不難過嗎？」

「別提了，」我無奈地說。「順順嫁給他，總算很幸福……」

「幸福？因爲他有錢？」

「你不要光用錢來評斷人好不好？」

「我計程車開了幾年，就只學會了這件事。」李鐵又笑了笑。當年他渾身充滿精明能幹的氣味，如今卻只見得尖酸刻薄。

政見會辦在一個小學的操場上。三年前楊老實的老子大把撒鈔票的威名尙在，吸引了不少人跑來，想看看今年有多少錢可拿，「一千」、「兩千」的竊竊私語在人群中傳來盪去。

「這些妓女！」李鐵忿忿地道。「可惜今年楊老實不嫖他們了。」

大家楞頭楞腦地等了半天，有幾個性急的都已快開罵了，終於看見楊老實怯生生地走上司令台。

立刻就有一個傢伙叫道：「楊先生，你鼻子上的蛋糕沒擦乾淨。」

人群中有人竊笑，楊老實裝作沒聽見，勉強拉高嗓門，起始說：「各位鄉親父老……」

那傢伙卻不甘休，又補一句：「楊先生，你家誰過生日？那奶油看起來很好吃呢。」

另一個站得比較近的傢伙嚷嚷：「那不是奶油，他的鼻子本來就是白的。」

當下掀起一陣爆笑，你一言我一語儘繞著楊老實的鼻子打轉，不消說，政見會也別開了。

我和李鐵走到競選總指揮車邊，只見楊老實坐在裡面發呆，順順則在一旁低頭飲泣。

「幫我把張七找來好不好？」楊老實說。

張七研究不出解藥，一直不敢露面，現在楊老實指名要找他，顯然事有蹊蹺。

「你想幹嘛？」李鐵問。

「我父親已氣得病上加病，」楊老實臉上浮起一抹從未見過的凶狠表情。「這回再選不上就完了。乾脆，就照你那天的建議，把整張臉都弄成白的算了。」

我雖不喜歡楊老實，卻也不忍心看他這般作踐自己，再也不去政見會上看他耍寶。

不料過沒幾天，王守中跑來找我，帶來了令人不敢置信的消息。

「眞沒想到，效果竟出奇地棒。」王守中難得興奮地說。「那天晚上張七滿臉慚愧地來了，楊老實一本正經地跟他討論小丑好，還是曹操好。張七說，台灣的政治人物有百分之八十都是小丑，因此小丑較具代表性，但順順的意思則是奸雄更能凸顯台灣政壇特異的一面。雙方爭持不下，最後李鐵說了句：『全面也能代表半面，半面卻不能代表全面。』楊老實一聽這話，便決定把自己整張臉都抹白……」

「眞恐怖！」我說。

「乍看之下確實非常恐怖。那張大白臉在戲台上轉轉也還罷了，一旦走下台來，站在你面前，眞叫你不得不從心底打哆嗦——老祖宗的安排眞有道理，把曹操弄成那樣一張令人不寒而慄的臉……」

「我會作噩夢。」

「眞是的。我那時心裡想，楊老實鐵定完了，他老子也八成要進棺材了。不料，第二天的政見會上，楊老實一露臉，固然引發了一陣鬨笑，但見他雙臂一伸，大吼：『各位鄉親父老，我是奸雄也是小丑，像我這種人進到台灣的政治界才能眞正爲民服務！』」

「這開場白倒眞妙。」我由衷地說。

「沒錯，楊老實三十年不開竅，沒想到臉一畫，腦筋倒變得靈光了。」王守中忍不住嗤地一笑。「台下的聽眾本來一楞，但多想想，似乎還滿有點道理，便大聲叫起好來，楊老實接

廣　告　回　信
台灣北區郵政
管理局登記證
北台字第15949號

235-62
台北縣中和市中正路800號13樓之3

印刻出版有限公司　收

讀者服務部

INK

INK PUBLISHING

讀者服務卡

您買的書是：＿＿＿＿＿＿＿＿＿＿＿＿

姓名：＿＿＿＿＿＿＿＿ 性別：□男 □女

生日：＿＿＿＿年＿＿＿＿月＿＿＿＿日

學歷：□國中 □高中 □大專 □研究所（含以上）

職業：□軍 □公 □教育 □商 □農

□服務業 □自由業 □學生 □家管

□製造業 □銷售員 □資訊業 □大衆傳播

□醫藥業 □交通業 □貿易業 □其他＿＿＿＿

郵遞區號：＿＿＿＿

地址：＿＿＿＿＿＿＿＿＿＿＿＿

電話：（日）＿＿＿＿＿＿（夜）＿＿＿＿＿＿

傳真：＿＿＿＿＿＿

e-mail：＿＿＿＿＿＿＿＿＿＿＿＿

購買的日期：＿＿＿＿年＿＿＿＿月＿＿＿＿日

購書地點：□書店 □書展 □書報攤 □郵購 □直銷 □贈閱 □其他

您從那裡得知本書：□書店 □報紙 □雜誌 □網路 □親友介紹

□DM傳單 □廣播 □其他

您對於本書建議：

感謝您的惠顧，為了提供更好的服務，請填妥各欄資料，將讀者服務卡直接寄回或傳真本社，我們將隨時提供最新的出版、活動等相關訊息。

讀者服務專線：（02）2228-1626 讀者傳真專線：（02）2228-1598

著說了些什麼，根本沒人聽得清楚，反正大家就跟白癡一樣地一直拍巴掌……」

「神奇。」我說。

再過幾天，所有的報章雜誌都開始渲染這事兒，一律把楊老實當成台灣的政治英雄，有的說他「徹底揭露了台灣的惡質政治環境」，有的說他「以絕妙的反諷方式，引發人們對於民主制度的省思」，比較激進的媒體則乾脆稱他爲「顛覆現有體制的急先鋒，摧毀金權政治的革命家」。

楊老實旋風從台灣頭一直颳到台灣尾，年輕小夥子們都把臉塗成白的，模仿楊老實的一言一行成爲頂頂時髦的把戲。

然而就在開票前一晚，我剛要入睡，卻被電話鈴吵起來，是順順。

她已許多年沒打電話給我，更有許多許多年沒哭著對我說話。

「妳怎麼了？」

「我要跟他離婚。」順順抽泣著說。「我一直不知道他竟是那樣的人……」

「什麼樣的人？」

順順結巴了半天，說不出個所以然，最後才道：「我以爲他很老實，沒想到他城府這麼深，又陰險又卑鄙又狡猾……最近半個月，他每天晚上競選回來就跟我算舊帳……他好像想逼得我自殺……」

我費了好大勁兒才安撫住她的情緒，心中仍不免奇怪，如果楊老實的天性眞如她所說，爲何直到現在才顯露出來？

難道一個人換上了另一張臉，性格也會跟著轉換不成？實在沒什麼道理。然而這想法卻在我心上重重捶了一下，使我整晚都睡不安穩，夢到一千張臉譜在我面前遊行而過，我把它們抓來，一一戴在臉上，快樂得不得了，以至於最後我竟拿起一瓶硫酸，潑上自己的臉，將它毀滅得一乾二淨。

我在一千張臉譜中間狂笑，笑得跌下床來，差點折彎了背脊骨。

翌日傍晚，下了班我就直驅楊老實競選總部，票才剛剛開始開，大門口卻早已燃放起鞭炮，賀客盈門，人頭像臭水溝裡的泡沫一般攢聚成串，一大群抹白了臉的小夥子擠在馬路邊上又唱又蹦，不知在演那一齣怪戲。

我擠進人堆，只見楊老實的父親站在一張桌子上，口沫橫飛地瞎嚷嚷。

王守中在一個小房間門口向我招手。「李鐵、張七他們都在裡面。」

楊老實從不喝酒，今天卻以XO向李鐵、張七致敬。

「若非你倆幫忙，我這次一定選不上。」楊老實眉飛色舞地說。

順順在他背後，向我投來幽怨的一眼，在一片喜氣之中留下一抹陰影。

李鐵但只大口喝酒。張七則仍顯得莫名其妙，他早已喝紅了臉，大著舌頭亂糟糟地說：

「當然應該歸功於你的言辭鋒利，非比尋常……楊老實，咱們認識這麼多年，竟不知道你這麼會說話……」

楊老實用我們無法想像的笑法哈哈大笑，純白色的臉頰肌肉顫跳痙結，眞個令人驚心動魄。「我也不知道我竟有這等口才，還是得感謝這張臉，從前不敢做的事，現在統統都敢做，從前不敢講的話，現在也統統都敢講了……」

「反正你不把你當成你。」李鐵喝完一瓶，又開一瓶，似乎心情極佳。

「沒錯，就跟唱戲一樣，當曹操的滋味可眞不賴。」

張七從公事包裡取出一小罐藥劑，交到楊老實手裡。「解藥終於研究出來了，雖然晚了點……」

「不，一點都不晚。」楊老實把那瓶子隨便一搋。「我還沒決定要不要把臉洗乾淨呢。」

他頓了頓，顧盼自雄，我眞想遞給他一把掃帚，讓他橫槊賦詩一番。「戴著這張臉，我可以直上青雲，超越巔峰。」

我們離開競選總部的時候，楊老實確實當選的消息已經傳回，大門口的鞭炮炸得天搖地動，小夥子們簡直樂歪了，在街燈下大翻跟頭，幾十張白臉翻騰起伏，直若群魔亂舞。

「走吧，我送你們兩個回去。」

李鐵歪歪倒倒地駕著車。我腦中揮不掉順順悲戚的面容，我不能想像往後的變化，卻又著實盼望那變化，看來我該預先感謝張七這傢伙。「人算不如天算哪！」

「你以後再不敢亂調藥劑了吧？」我故意糗他。

張七雙臂環抱胸前，冷冷一笑。「眞是弄巧成拙。」

「唉呀呀，弄巧成拙了哇！」李鐵居然唱起戲來，一個急轉彎，甩得我們七葷八素。

我被酒精攪得遲鈍的腦袋，慢慢清醒過來。「難道你們兩個早就串通好了？」

「好小子劉彪！」李鐵唱出了癮兒。「那天晚上順手一抹，怎麼不抹別人，偏偏抹上楊老實？」

「解藥其實在那之前就已經研究出來了。沒有把握，我敢亂現寶嗎？」張七搖頭嘆息。

「我們想害楊老實選不上，不料卻幫了他個大忙。」

我不禁目瞪口呆。「你爲什麼要害他選不上？」

「我跟李鐵一樣，看見他就心理不正常。」

車子駛入黑暗，遠遠聽見另一棟財團大樓門口也燃放著鞭炮。

「計程車開了幾年，我什麼事都看透了。」李鐵醉醺醺地說。「有錢人連運氣都比我們好哩。」

中國盜賊史

我們郭家的譜系若要攤開來，足可如同抗議特權壟斷的白布條，從十樓樓頂直垂到地面。這種連綿不斷的生殖力委實令老鼠也不得不肅然起敬。

我曾花了一整個夏天，細細檢視這條由郭姓精子串成的索鍊，卻無法在其中找出一號顯赫的人物，這使我很喪氣。

不過，話說回頭，任何家族都毋需借重名人的支撐，在滾滾不息的生殖長流中，每一根生殖器的地位都是一樣的。

追溯我郭家家族的源頭，是一件複雜而且瑣碎的事情，當然也可以一語概括，說是「猴子變的」就結了。

且讓我們把時間推回紀元前二〇九年，我的第一百零八代祖宗郭大缸正跟隨劉邦亡命於荒山草澤。那時劉邦還是個渾頭渾腦的傢伙，吃了這一頓還不知下一頓在那裡。

我的祖宗郭大缸永遠記得那個天邊泛著紅霞的日子，傳說那是帝氣顯現之兆。

「赤天當有赤帝，嗯，赤帝、赤帝，可眞是個好詞！」劉邦躺在草叢堆裡，雙臂枕頭，喃喃自語，一邊呆子似地傻笑。

我的祖宗郭大缸非常生氣，以至於撿起根樹枝敲了敲他的頭，這也是我祖宗日後沒能當上大官的原因；劉邦的頭上腫起一個大包，以至於痛得跳起來，這也是他日後不用我祖宗當大官的原因。

我的祖宗非常生氣，以至於日後沒能當上大官，而我的祖宗之所以非常生氣，乃是因爲劉邦使他丟了小吏，這其中必定有著什麼古怪的因果與邏輯，如今當然已無法追根究柢，比較確定的一點是，我的祖宗本任職沛縣泗水亭「求盜」，在亭長劉邦的手下，專掌捕捉盜匪（替劉邦買帽子也是他的職責之一），雖是個芝麻小吏，但總還有些前程。

「從前是捉人的，現在卻變成了被捉的。」我的祖宗郭大缸經常如此抱怨，劉邦卻老是笑著回答：「你放心，當今天下最有搞頭的就是咱們這些小吏。」

我的祖宗跟現在的警察一樣深切明白這個道理。他懂得白道那一套，也懂得黑道那一套，他腳跨黑白兩道；他欺壓黑道，也哄騙白道，他是橫亙在朝廷柱石之上黑白兩道的翹翹板，一旦支柱出現裂痕，翹翹板一定率先倒向造反的一方。

這情形和我第四十五代祖宗郭錫碗頗爲類似。郭錫碗綽號「攔路虎」，乃梁山泊第一百零九條好漢。他本是山東鄆城縣的一名仵作，專管驗屍之事。

中國人對於祖先一向抱持難以解釋，莫名其妙的傳承責任感，我的第四十五代祖宗郭錫碗就是如此，有關我第一百零八代（在他是第六十二代）祖宗郭大缸的記憶，一直在他腦中揮之不去。某次勘驗上吊自縊的女屍，眼睛不知怎地一花，竟在屍體上看見成千纍百的刀痕，不由得脫口驚呼：「官軍草菅人命，先姦後殺，天下必將大亂！」

不消說，他立刻被革職查辦，還差點斷送一條狗命，幸虧他跟曾爲鄆城縣同事的押司宋江素有交情，引動梁山泊好漢大舉劫獄，這才延續了我郭氏家族的命脈。

但我第四十五代祖宗的腦袋遠不如我第一百零八代祖宗的腦袋靈光，當他上到草莽山寨，發現新夥伴們竟然跟舊夥伴們差不多，都是些都頭、捕頭、教頭、牌頭、主簿、節級、押獄、劊子手之流，他不禁傻了。

「怎麼著，又回到衙門裡來啦？」

「沒錯。」宋江搖頭晃腦地說。「天下可以沒有皇帝，可以沒有朝廷，卻不能沒有衙門。所以嘛，咱們這不叫造反，咱們這叫另起爐灶。」

經由郭大缸與郭錫碗兩人的事蹟，使我興起了更深一層探究郭氏家族的興趣。

我又花了一整個夏天，追查這條鼻涕般的生殖之鍊，終於發覺我們冗長的家族裡居然沒有半個讀書人，也沒有半個占中國人口最大比例的農民，這實在是一件很不可思議的事！說得準確一點（言語如果準確，難聽便是必然的了），我們郭氏家族簡直全都是痞子！大大小小，各式各樣的痞子、無賴、流氓、惡棍！

就拿我第一十九代祖宗郭瓦罐來說吧，明朝崇禎年間，他本在甘肅巡撫梅之煥標下當兵，與李自成是同袍兄弟。

他不但是個痞子，而且還是個無能的痞子，只會騎馬不會騎老婆，這一點倒跟李自成同病相憐。李自成的第一任老婆跟人通姦，被他殺了，那是他第一次犯法；我的祖宗郭瓦罐則犯法了三次，幸虧他的第四任老婆又老又痲又跛，還替他生了幾個孩子，否則我郭家早就斷了。

我的祖宗郭瓦罐具備一切痞子所應具備的條件，其一便是他會製造灌鉛的假骰子。崇禎十三年九月，李自成被困在魚腹山中，部下多半偷偷投降官軍去了，李自成見勢不妙，只好和我祖宗郭瓦罐祕密商議，再度使出騙人的把戲。他倆已合作過好多次，從叛離軍隊，到投身十三家七十二營，終而自成一股，其間的遭遇非三言兩語所能盡述，騙人則是最後的手段。

我的祖宗郭瓦罐連夜趕造出兩隻灌了鉛的杯筊，偷放在山神廟裡。翌日，李自成便對餘眾說道：「官軍勢大，難以抵禦，你們若想投降，我絕不責怪你們，但我屢次問神，神都說我有天命，咱們現在不如再去廟裡問一問，如不吉利，你們儘管割下我的項上人頭去報功。」結果如何自不必多說，剩下的五十多人全都殺掉妻子，誓死相從，三年半以後，他們跟隨李自成長驅直入北京齊化門，逕登紫禁城武英殿。論功行賞，自然以我祖宗郭瓦罐居第一，被封爲「天下第一大國師」，這是我郭家第一個也是唯一的一個當上大官的人，可惜所有的史書都未曾記載。

李自成不管任何方面都不比任何開國帝王要差，但只運氣差了點兒，這一差就把我郭家的光彩全差掉了，眞是有夠氣人。

在一條痞子家族的長流裡，最不講究的就是出身（既是痞子生痞子，痞子傳痞子，當然沒什麼出身可言。但若更深一層探究痞子的意識形態，所謂「出身」根本是一帖彷彿雞皮疙瘩的符咒）。然而每經過二、三十代痞子的累積，總也能堆砌出一、兩代看似顯赫的門閥。

我的第九十一代祖宗郭石槽在西元一七〇年左右，耗盡家財，買得了一個小小的官職，竟也出入喧譁，鮮衣怒馬起來，專門結交權貴子弟，曹操也是其中之一。

曹操那時年僅十五，既矮又醜，頭髮硬僵僵的，活像一隻發育不全的烏鴉。我的祖宗郭石槽則是郭氏家族絕無僅有的美男子，身長八尺，豐神如玉。曹操羨慕他得要命，天天跟在他屁股後頭打轉，我的祖宗郭石槽有一天被他搞煩了，忽然一把揪住他的衣襟，將他離地提起，惡狠狠地問：「你有沒有卵？」

曹操的臉頓時紅得像個大姑娘。他的祖父曹騰是個沒有卵的傢伙，沒有卵的祖父會不會有個有卵的孫子？這問題有點類似當今流行的腦筋急轉彎。

其實那是我祖宗郭石槽的錯，自己分明是個沒出身的痞子，卻偏要去追究別人的出身。多年後他選擇了當時天下群雄之中最有出身的袁紹，打造起鑲有斗大「郭」字的盔甲、旗幟、號衣，率領著一隊全都是有良好出身的騎士，在官渡附近馳騁如雷，來去狂飆，沒想到奔不出十里便被曹操活捉了去。

「唉喲喲，郭兄，別來無恙？」曹操見到我的祖宗郭石槽，立刻笑容滿面，執手殷殷。我的祖宗郭石槽暗裡鬆了一口氣，以爲自己逃過一劫，不料曹操緊跟著就問了句：「你的卵還在嗎？」

我的祖宗郭石槽早已有後，所以他往後的遭遇並不妨礙我郭氏家族的繁衍，否則以他魏國後宮太監班頭的身分，足可令我們後代子孫蒙羞。

無論如何，莫去招惹那些遊蕩無度，不學無術，大字兒不識得幾個，專好飛鷹走狗，舞槍弄棒的權貴子弟——我的祖宗郭石槽的慘痛教訓，理當一直傳留下來，但很奇怪，偏偏沒有傳給我第五十三代祖宗郭水桶。

我的祖宗郭水桶認識趙匡胤，恰在那小子手提桿棒，打遍八百軍州之時。我的祖宗郭水桶沒別的本領，所有家當就只一根扁擔、兩隻水桶，專一替人挑水爲生。

那日趙匡胤大鬧清油觀，救出趙京娘，一路護送至汾州地面，棒打「滿天飛」，腳踢「著地滾」以後，正在河邊飲水解渴，卻正碰著我祖宗郭水桶挑著扁擔來取水。趙匡胤以爲我祖宗也是強人一夥，提起桿棒兜頭便打。

我的祖宗郭水桶根本沒啥功夫，但見趙匡胤一棒打來，情急之下，左手水桶一擋，右手水桶順勢飛起，恰撞在趙大公子面門上，撞得那渾小子七葷八素，滿眼小鳥亂飛，撲地便倒。

不消說，趙匡胤立即拜我祖宗郭水桶爲師。

我的祖宗郭水桶見他是世家浮浪子弟，一意巴結，趙匡胤則誠心要學「水桶功」，師徒倆甚是相得，一起護送弱女子趙京娘回到蒲州老家。

那趙員外眼見趙匡胤一表人材，想招他爲婿，不料趙匡胤卻拿喬兒了，迎面便罵：「老匹夫！俺爲義氣而來，反把此言來污辱我。俺若貪女色，路上就跟你女兒成親了，何必千里相送？你這般不識好歹，枉費俺一片熱心！」言畢掉頭就走，害得那趙京娘含羞自縊。

我的祖宗郭水桶千不該萬不該，就在這節骨眼兒上嘀咕了一句：「小子做作太甚！」

趙匡胤縱然大量，聞言之後仍禁不住銜恨於心，終其一生不再理他的「水桶師」，自然也使我郭家失去了一品頂戴的機會。

我的第五十三代祖宗郭水桶說得可對。趙匡胤雖不愧遊俠，卻未免不通情理，太過矯揉，比起我第五十七代祖宗郭盆兒所遇之對頭，還稍稍遜了一截。

我的祖宗郭盆兒的經歷和黃巢頗爲相近，他以販賣私鹽起家，同時也是做生意的能手，賺錢比喝水還快，更有一點出類拔萃——他是我郭氏家族少數幾個認得字兒的人物。

這些因素不可避免地將他躋上「大俠」的位置，賓客上千，徒眾逾萬，當時號稱「南郭北黃」二分江湖。

西元八七三年，我的祖宗郭盆兒與黃巢聯名召開天下豪傑大會，會址定在五嶽之首，泰山之巔。是日群雄雲集，所有的痞子無賴全到齊了。我的祖宗郭盆兒準備了百萬兩紋銀，打算一舉籠絡天下人心，黃巢卻只帶了一隻蒸籠。我的祖宗郭盆兒拚命散發錢財，黃巢只是不動聲色，最後才掀起蒸籠蓋，請大家分食他最寵愛的姬妾的肉。

我的祖宗郭盆兒回家後便一病不起，眼睜睜地看著他的對頭聲望與日俱增，一步步邁向皇帝的寶座。

當我再三回顧列位祖宗的事蹟，總會碰到一些不解的難題，譬如說，這些痞子們究竟是怎樣生出來的？他們歷代遷徙的路線為何？以及最重要的，他們有沒有雜交的紀錄？此為非常之關鍵，在我們標榜純種漢族的郭家，我的研究自屬大逆不道，而我的質疑實聯想自黃巢的下場。

當黃巢這條山東大漢進據長安，自立為帝，卻遭到一大群沙陀、黨項羌、契苾、薩葛、吐谷渾等番族唐將的圍攻，使我不禁想起我的第七十代祖宗郭甕，遠從西域追隨番人李淵，一路殺奔中原的情景。

我的祖宗郭甕何時遠徙西域，至今仍是個謎，但毫無疑問，我們郭家的血管裡勢必流動著一些番婆的血液，這又有我的曾祖父郭瓢為證。

在我無止無盡地翻閱族譜的時候，最令我吃驚的就是，我的曾祖父郭瓢竟於一八八〇年間在美利堅合眾國的三藩市賣狗皮膏藥，同時也是洪門致公堂的一員。

我的曾祖父郭瓢所調製的狗皮膏藥十分神奇，遠近馳名，自也替他賺取了不少財富。當孫逸仙前來美國募款，購買軍火以顛覆滿清，我的曾祖父郭瓢當然成爲他勸募的對象之一。

我的曾祖父郭瓢一輩子記得那天唐人街的三大堂口剛剛火併完畢，一個蓄著小鬍子的傢伙就穿過滿街的硝煙惡火，登門造訪。

他拿出一本類似股票的東西，要求我的曾祖父郭瓢認購。

我的曾祖父郭瓢非常驚異這張紙的價值竟然萬倍於他所出售的狗皮膏藥。「這不同樣是張紙嗎？我的紙上還有藥，你的紙上只有墨水，騙你祖宗嘛這是？」

孫逸仙很有耐心地神祕一笑。「Let me put this way，我們即將要成立一家公司，而你就是這家公司的股東之一。投資當然有風險，但風險愈大利潤愈高，最起碼比你投資 Colt 45 的報酬率要高得多。」

我的曾祖父郭瓢浸潤於資本主義社會垂數十年之久，聞言不免心動，但我的曾祖母（我實在羞於承認她是個黑番婆）適時殺出，以她吟唱黑人靈歌的大嗓門吼道：「又是那裡來的推銷員？給他兩根油條，叫他走路！」

我的曾祖父因而只認購了萬分之一股「中華民國公司」的股票。二十多年後，他來到上海，想討股息，孫逸仙卻早被這班傢伙討得焦頭爛額，那還有空理他，當即把他轟了出去。

我的曾祖父郭瓢一文不名，落魄街頭，最後在公共租界謀得了一個公園管理員的職位，齎恨以終，但也總算落葉歸根，使我們郭家的後代子孫飽嘗烽火戰亂，顛沛流離之苦，未嘗不是一件美事。

說起祕密幫會，就不能不說到祕密宗教。

我的第三十三代祖宗郭茶壺是個有名的巫師，擅能喚雨，朱元璋的外祖父則專長呼風，兩人一呼一喚，直追神話中的哼哈二將。

但他倆一直相處得不是很好。朱元璋的外祖父也是個貨眞價實的痞子，自古以來「痞子相輕」，我的祖宗郭茶壺當然和他發生了許多摩擦。

也怪我的祖宗郭茶壺多事，看不慣他老是傳授他外孫諸般「白蓮教」義。我的祖宗郭茶壺是「摩尼教」徒，除了那個來自波斯的神祇之外，任誰都看不起。

終有一天，「摩尼教」與「白蓮教」展開對決，我的祖宗郭茶壺高舉雙臂，念念有詞，剎那間烏雲密布，雷電齊鳴，桌面般大的雨點傾瀉而下，不過三秒鐘的時間便將朱元璋祖孫二人淋得渾身透濕，洪水淹至膝蓋。

朱元璋的外祖父卻不慌不忙，仰天叩齒，役神使鬼，南方立起一陣颶風，來如萬馬奔騰，去若掃帚掃灰，一下子就把我的祖宗郭茶壺吹出十萬八千里遠。

朱元璋在旁看得目瞪口呆，幼小的心靈烙上了永世難拔的神祕印記，往後不管他滿口的仁義道德，孝悌忠信，其實眞正的意思卻都是神奇鬼怪，道高魔長。

至於那「上帝會」教徒，跟著洪秀全瞎起鬨的我的第七代祖宗郭小碟，我則不願多提，因爲他不會呼風喚雨，只會呼喚人類的靈魂。

多少年來，多少人批評我郭家列位祖宗的不學無術，既不讀書，又不事農耕，專靠無賴與無恥過活。有些傢伙不承認我郭氏族譜爲人類譜系的一支，有些不肖子孫甚至動過竄改僞造的念頭。

但事實就是事實，歷史全不照著某些人心裡所想的那樣去發展。「事實」並非僅僅關涉意義層面，很多時候它更像一尊小廟裡的佛像，日久生灰，隨人胡說八道，胡亂踐踏，或更不要臉地胡亂往上添加輝煌的色澤。

生活有很多種，傳統也有很多種（雖然有很多傳統人們根本就不嘗試著去了解，譬如說，咱們痞子的傳統）。

宇宙中總是充滿了未定數，有誰能說咱們郭氏痞子家族將來會如何如何呢？

當然，身爲最嚴謹的歷史學者，我從不發表學術之外的論點或臆測，有人專搞稗官野史，那就隨他去吧，吾不爲也。只是我猛地想起一九九一年春天，我考察完畢全世界所有的華人社會，最後一站是從西安飛往烏魯木齊，飛機在二萬呎的高空中發抖，我向下望著塞滿了謎團的黃土地，忽然我聽見背後響起一片嘰嘰喳喳的怪聲音，回頭一看，只見我的祖宗郭大缸、郭石槽、郭甕、郭盆兒、郭水桶……全都在飛機上，圍著空中小姐議論紛紛，搞不清楚那頭是廁所，那頭是駕駛艙。

剎那間，我明白了，我郭家仍將繼續繁殖出許多痞子，這些痞子仍將繼續做出許多令人不屑的事情，讓世界得以繼續運轉下去。

冤枉啊，大人！

他不能開口。

頭頂一顆毒花花的太陽，他默默地在街上走。腳鐐發出淒冷的聲音，他的雙手雖被反剪在背後，頸項上卻仍套著面大枷，一根鐵鍊貫穿過他的琵琶骨，牽在那名一馬當先、昂首闊步的皁隸手中，使他不得不微傾上身，草蝦一般向前挪動。拇指粗細的麻繩勒滿一身，每一舉步，每一震晃，就窮凶極惡地啃入他的筋肉。脖子後邊插著的那根二尺多長的白標，竟也消遣起他來，有一下沒一下地拍擊著他的後腦，好像除夕夜的主人安慰他的豬。

他的眼睛如同兩個廢棄了千萬年的獸穴，原本黑中帶紅的皮膚開始滲透出難看的灰黃顏色，慘紫嘴唇緊抿著，一把生鏽刀兒樣的；只有那彈性未失的腰臀，尚在娓娓敘說往日的活力。

他沒料到竟會這麼快。當典史老爺高舉「虎頭牌」走入牢門時，他還替那不知名的倒楣鬼悲哀呢。

腳鐐在地上滑行，一絆著什麼東西，就叫他顛一拱，惹得前後左右不下三十名皁隸和兵士緊張兮兮地叱喝：「逛街呀，你是？好好走！」緊接著一定有幾根白混棍落到他身上。

他狠咬牙關，悶嚥下一口唾沫，稍微抬起頭，望了望四周，又平靜地垂下去，穩穩走他的路。

「喂喂，怎麼不喊『二十年後又是一條好漢』咧？」

「有點種嘛！殺人的狠勁都跑到那裡去了？」

「『千手蜘蛛』這下子被自己吐出來的蜘蛛絲綁住了，眞是天道循環，報應不爽！」

「剛抓來的時候，他還在堂上喊冤呢，喊得嚇死人，三里外都聽得到。現在怎麼不喊了？莫非已經破了膽？再喊嘛，喊『冤枉啊！大人！』快喊快喊！午時三刻一到，你可就沒有機會了！」

大街邊圍觀群眾不滿意地起著鬨，要他這樣，要他那樣，把他當成了賣藝猴子。

他確實喊過冤來的。聲淚俱下地喊，額角都在公堂上碰出了血。那一幕直令現在即將死掉的他，都還覺得慚愧與羞恥。整整二十八年未曾出過醜、賣過乖，臨終前居然鬧了個沒臉皮，他愈想愈不心甘。

喊什麼冤？求什麼饒？怪只怪自己照子不亮、想法太天眞。沒有那個人的清白是可以不證自明的；先前更不是沒聽人說，「壽昌縣」的縣太爺是個大大的貪官。

他自鼻孔噴洩出兩管惡氣，想散掉一些重壓於心頭的鬱恨。他並不怕死。十年保鑣生涯，在陝甘道上闖下了鐵板一樣的字號，血裡來血裡去，刀口下吃飯，鬼門關前打滾，既然幹上這一行，他早就做好了隨時回老家的準備。他不怕死，他對自己點了點頭，他只是不甘心糊裡糊塗地被個貪官冤枉死。

「李萬，」有人打趣一名皁隸。「你們好像一群小鬼擁著鍾馗呢。」

大夥兒哈哈大笑，爭相抒發奇想來形容這幅景狀。有說母雞帶雞仔，有說老蜘蛛牽小蜘蛛，而大家公認最適切的比喻是紫禁城搬來了長江邊上。

那個好脾氣的皁隸笑道：「偌大個子，可惜馬上就要變成一堆碎肉了。你們有想買的沒有？賤點算，一斤十錢就好。」

「您家留著慢慢吃吧。」觀眾快樂地反唇相稽，氣氛無異迎神賽會。

他瞅瞅自己尚未被消磨殆盡的厚實胸脯、樹根一般的手臂、豹羚一般的腰肢，心中頓時漫起一大團抽搐窒脹的絕望。

人群隨著隊伍湧到十字街口，全城最寬廣、最熱鬧的地段。平日賣吃的、賣玩的、賣耍子的全聚在這兒，今天可都沒了；就有，也無人光顧。今天縣太爺要親自出馬主持一場頂頂刺激的把戲。

觀眾比手畫腳互換意見，興奮得耳垂子腫成兩囊紅肉。

一個說：「『壽昌縣』幾多時沒剕人凌遲碎剮啦？」

另一名老者便煞有介事地砸嘴砸舌：「哦！久嘍！我記得我只小孩子的時候看過一次，總有四、五十年了吧？」

又一個年輕小夥子竟在大太陽下打起哆嗦：「要剮幾刀哪，您家？那不是人還沒死，血就已經流光了嗎？」

老者笑道：「犯上這種罪，反不如身子骨弱的人占便宜，兩三刀就死了，不跟殺頭一樣痛快？這個『千手蜘蛛』恁般壯，嘿嘿，我看他熬得起上十百來刀喔！」

小夥子撫撫胸口，臉皮和春池塘一樣地皺了，好像自己已先吃剮了一刀。

頭一人絲著氣兒說：「別這麼沒出息，人家大姑娘都不怕看呢。」

的確，老的少的、男的女的，密密麻麻裹了一圈又一圈，還不會走的被爹娘抱在手中，不能走的被晚輩扶著，連三十里外的「徐家店」都有人專程趕來一覩這千載難逢的奇景。

「『千手蜘蛛』！喊一聲吧？瘟得不會動舌頭啦？」

「頭落地碗大一個疤，虧你還是幹保鑣的，孬種！」

他慢慢走到豎在路口中央的木樁前面，押牢節級開了枷，三名精赤上身，面無表情的劊子手接下活計，使出製皮匠或屠夫一類的手法，把他牢牢地縛在木樁上，穿過琵琶骨的鐵鍊也繞了他頸項一圈，嚴緊地固定住了。簇擁著他的皁隸各自散去四周，協同兵士防止閒雜人等太過接近。

西北角上臨時搭起一座台子，上面擺著縣老爺的監斬寶座。

他覺得自己像隻豬玀。他仍不抬頭、不開口，只微勾起眼，掃視那些官差、那些群眾、那些幸災樂禍的嗜血猛獸。

幾乎打從捕快剛一抓住他的時候起，他就開始後悔了。這件案子如果真是他幹的，他現下不知正在那個城裡逍遙呢。他號稱千手，一身暗器獨步江湖，就憑那幾個酒囊飯袋也能沾他的邊？但他不願亂揹黑鍋，也顧慮到若不把事情弄清楚，傳揚出去，必然有損自己的名聲，他才坦坦蕩蕩地跟他們上衙門。不料縣太爺根本不聽他的說詞，一口咬定「張老頭」是他殺的，當堂就判了他一個凌遲碎剮。

他想脫身，已經來不及了，看似鬆軟的麻繩竟摻有牛皮筋，任他神力驚人，一時間也掙脫不開，數十名衙役立刻一擁而上，扳腳的扳腳，抱腰的抱腰，硬把他拽倒，兩根拖著鐵鍊的透骨鋼釘便在他暴凸出眶的眼珠子底下，釘入琵琶骨，他痛得暈厥過去。醒來時，發現自己躺在霉爛陰濕的牢房中，周身纏上了更多條牛皮筋。

「爹，他怎麼不哭呢？」一個六、七歲大的孩子被他爸爸高置於肩頭，理所當然地大聲發出疑問。

「有什麼好哭的？」他爹拍拍他胖嘟嘟的小腿，笑著回答。

小孩子迷惑了，又問：「他是不是很膽大？」

「他是個膽小鬼！」他爸爸挺著柴火編成的胸膛，嚴肅教訓道。「記住！男子漢大丈夫就死也要死得轟轟烈烈！『老子不怕！來吧！殺吧！二十年後又是一條好漢！酒來！菜來！大爺要做一個飽死鬼！哈哈哈！』英雄好漢在死的時候都會這樣子嚷。那像他，悶聲不吭。你去摸摸他的褲襠，多半已經濕透了，沒出息的壞貨！」

那孩子雖不懂「怕」跟「尿尿」有什麼關係，但見旁邊的叔叔伯伯都被他父親一席話感動得直頷首，他便將今天的教訓深深銘刻入心版。他想：「將來如果我也被綁去殺頭，一定要大聲嚷，免得被人看不起。」他下定決心，就狠狠地、斬截地點了一下小腦袋，同時向那個膽小鬼扮起鬼臉來。

太陽慢呑呑地爬著無形的山峰，距離頂巔已只差著一小段兒，他爬得那麼費力，以致臉色益發漲紅了，地上群眾便也跟著他一齊焦躁、不耐，渴望正戲快點開鑼，以引走他們對於熱的注意。

他們又一鍋沸水地喧聒開來：

「『千手蜘蛛』！說點什麼嘛！你好歹總有兩句臨終遺言吧？」

「快！說點說點！不想說，用唱的也行。你是陝甘道上的？那就唱幾首番歌來聽聽，我們湖北佬還沒聽過番歌呢。」

他覺得嘴唇快要乾裂了，很想送點唾沫把它潤濕一下。但他不能開口。

一個離他很近的傢伙，腦中忽然竄起了一句機智話兒，便搶著講出來，以免被人占去先機：「他一定是在癡想那個賣唱的『阿鳳』，一定是！」

餘人爆應一聲，彷彿這話兒說到他們的心坎底去了。有幾個心思敏捷的卻直懊惱自己剛才爲何沒有想到這一層，爲了挽回一些顏面，他們也紛紛霧唬：「想個屁！都已經上吊死啦!比他早了好幾步，都快走到奈何橋了。他現在去追，那還追得上喔?!」

於眾人噴笑聲中，他漸漸反應過這句話，他驚悚了一下，轉轉念，便自然平伏下去。死得好，阿鳳，不枉我賠上一條命。在羈繫獄中的三十多天裡，他一直後悔，後悔當初爲什麼不催促阿鳳父女快點離開「壽昌縣」，後悔當初捕快來抓自己的時候爲什麼不跑、不反抗，後悔當初爲什麼天眞地以爲一個貪官會主持公道。但他從沒後悔自己當初爲什麼要去管那檔子閒事。他撞著了，他非管不可。就算阿鳳迫於淫威，順從了那個王八羔子，他也不後悔。現在聽說她死了，他禁不住想笑。好阿鳳，黃泉路上若能相見，非要對妳豎一豎大拇指。他愈想愈覺得好笑，腮幫子都憋鼓起來，但他終於忍住，他不能開口。

太陽已將邁上頭頂，有些觀眾放棄了刺激膽小鬼表現英雄氣概的意圖，轉向衙門那方面伸長脖子，期盼縣老爺快點露面。午時三刻和午時二刻差得了多少呢?或許今天的太陽走得特別慢呢?他們開始暗暗憎恨縣老爺的狗屁官架子。

「他本來就是個貪官嘛，怎會爲我們老百姓著想呢?」有人這麼說，大家都熱烈地「嗯嗯」一番。

「說不定『千手蜘蛛』眞的被冤枉了咧?」有人隨口這麼說，根本不希望引起別人半分同意。

他又癟癟嘴角。花了多少年的小心謹愼，總駕馭著自己在正道上走，不讓自己做出任何一件虧心事，臨了卻只換得一句「說不定」。他不禁有點懷疑那些終身奉守不渝的行事準則，是不是眞有價值？爲它送了命，是不是眞的划得來？這想法電閃過他腦際，他馬上狠命一咬牙。他不後悔。

他又想起阿鳳，心口溫暖了一些。他努力地想在腦海裡組織出阿鳳的整個相貌，卻沒成功。他只依稀記得她那雙會說話的大眼睛和兩條烏黑油亮的大辮子，他甚至沒聽過她講話。

他們說她是賣唱的，他可只聽見她哭。他在一家小飯館吃飯，被一陣細微緊抑的哭聲引進後間，於是他瞥著那對父女正跪在那個王八羔子面前求饒。王八羔子硬要討她做小，她父親只得不停列舉她配不上他的理由。王八羔子輕漫漫地笑說：「我又不想一輩子娶她，只娶幾天就好。你放心，事完了，銀子少不了你的。」

他等了等，有些賣唱的是願意幹這種勾當。他隱在暗處，等著看，直等到阿鳳不顧一切地痛哭起來，阿鳳她爸磕得額頭見了血絲，他才插手。

他插了手，他沒動手，王八羔子養的那些狗爪子倒先動起手。很好，正中他下懷。他把狗爪子全打癱在地，王八羔子的牙齒更被他敲得剩沒三顆。

狗爪子爬著走了，王八羔子滾著走了，他沒當一回事，找了間客棧住下，明天還要趕路，這趟鏕費了他一個多月，他一心想趕回局子裡去休息休息。阿鳳父女恰巧跟他同住一家客棧，隔著幾間客房。晚飯時他們照了一下面，老頭兒要謝他，他一溜煙地跑了。他怕人家謝。他跑去買了幾個饅頭吃，溜達到天大暗才回來。

翌日清早，客棧夥計發現老頭子喉管破一個大洞，躺在茅房裡，阿鳳兀自沉睡未醒，經人喚起告知慘訊之後，她只「卡」了一聲，就兩眼翻白，昏死在地。他搋上兵刃，要去找王八羔子算帳。每個人都說王八羔子是鄂南名俠，不可能犯這案子。他還沒走出大門，捕快卻先來了。他們宣稱有人看見他趁夜殺人、逼姦婦女，他若另有說詞，大家到堂上去對質，有青天大老爺作主。

他抬頭望望太陽，正照花他的眼睛。

人群起了一陣騷動：「太爺來了！太爺來了！」太爺來了，紅袍紅帽遍身血紅，架式十足地坐著肩輿，來到西北角上的台子下面。他捋頦下稀疏死硬、一如祖傳板刷的鬍鬚，鼠屎小眼四處一溜，唯恐人人喊打，見大家都很乖，這才緩緩站起身子，由人攙著登上台面。

觀眾立爆一片讚頌：「青天大老爺！青天大老爺！」

他們叫他青天大老爺，他們忘了他是貪官，因爲他給把戲給他們看。

縣老爺坐在案子前邊，模仿關老爺的姿勢撩了一下鬍子，可惜毛太短，使這個動作沒能做得完整，變成爲捏了把菜刀自刎一般。他清清喉嚨，想說什麼卻沒說，擺擺手，身後立著的主簿就起始宣讀犯人的罪狀。

大家都曉得，但仍用心地聽，生怕傳言和「犯由牌」上漏掉了些什麼，將來說與子孫便說不周全。

他靠在木樁上，不自覺地活動著各部筋肉，心中空空的，只記得臨死前還要完成一項任務。他現在不恨那個王八羔子，這已遠超過私仇。縣老爺若非貪官，這整件事兒都不會發生。他把帳全扣在縣老爺頭上。他死定了，他逃不掉，但他要縣老爺墊他的背。

主簿念完了，大夥兒又一陣喝采鼓掌，好像這個罪，犯得很漂亮似地。

縣老爺再度清清嗓子，終於開腔了：「柳五，你還有什麼話要說？」

觀眾近乎瘋狂地鼓譟起來：「說！你還有什麼話要說？快說！大老爺問你話呢？」

他揚起下巴，這邊看看，那邊看看，他希望颳大風，下大雨，但同時又希望早點結束。

他還是不開口。

觀眾憤怒得直想衝上去把他咬碎掉。「說！你還不說？大老爺在這裡，你喊冤哪？你再喊冤嘛！你那天不是喊得很大聲的嗎？」

縣老爺很得意，猛摸鬍子，有人對自己喊冤，可見自己是個清官。

他卻只拱了拱喉結，又垂下頭去。

這下連縣老爺都火了。他怎麼不喊冤呢？他分明當眾懷疑我的清正廉潔嘛？縣老爺氣了個昏。好，沒關係，不怕你今天不喊一聲冤。鐵錚錚的漢子我見多了，沒有整治你們的手段，我這縣太爺還當得穩嗎？

他一揮臂，那三名劊子手便提著亮晃晃的尖刀走過來。一名站在他前面，兩名分站他左右側。

縣老爺又說：「從腳開始剮。」

觀眾感激得要下淚了。大老爺多麼體諒人哪！那三個虎背熊腰的劊子手把犯人一圍，還看得見什麼喲？將來說給別人聽，怎麼下刀剮的呀？不知道。先從那裡剮的呀？不知道。人肉一片片地落下來究是怎麼個樣子？不知道。那可多丟人，簡直白活了這輩子。

現在好了，劊子手都蹲下去了，他們起碼可以看清楚犯人的表情了。他們約定好了似地，一齊靜下來，眼光直在劊子手聯成的屏風縫隙間，搜尋犯人的肢體。有些人看得見左腳，有些人看得見右腳，而大家都渴冀第一刀能切在自己看得見的地方。

大姑娘用手摀住臉，卻恰於眼睛那部位開了一道窄窗子。看是一定要看的，不過得騙所有的人，包括自己在內，說自己沒有看。

劊子手互望一眼，取得了各人勢力範圍的默契。他喉中泛起一股酸水，生平首次發作出無法遏息的顫抖。

第一刀切下去，他感到一陣不甚劇烈的疼痛，清楚看見自己的腳趾掉下一根，掉在泥巴上，騰了騰，血噴出來，把它又沖動了一下子，剎那間白得怕人，不太像是從自己身上掉下來的。

第二刀、第三刀、第四刀……他的腳趾恍若不值錢的玩具，被頑童拆著、扔著，掉在地下的就不會動了，還在腳上的卻因著己身的一股牽扯之力，拚命蠕動、痙攣，彷彿趾縫間有泥沙，他要把它搓掉一般。

觀眾捧著心窩，喉管哽住了，眼淚流出來了，他們覺得這樣對待一個人實在太慘了，他們覺得他情有可原，他應該被饒恕的，於是他們沙啞著嗓子叫：「你喊冤哪？你快說你是冤枉的，大老爺會放過你的，你喊冤嘛！」

他這時才覺得痛，從腳底一直升入頂門的痛。他全身都僵硬起來，血液直在五官七竅中衝撞，他扭、他掙，他可笑地挺出肚子，他左左右右地甩著頭，想把痛苦甩掉。喉管青筋歷歷如浮雕，他發出胡琴也似又悶又尖的怪聲，牙齒咬穿了嘴皮，他仍不開口。

腳趾剁光了，劊子手開始剮他的小腿。一片片有紋有理，帶著筋絡的肉，「啪啪啪」地摔在地下。他不敢看，但卻連閉眼都辦不到，眼球宛若脹大了好幾倍，撐住了眼瞼，他只得盡量往上翻。他的腦袋已不知天南地北，卻依然明晰地聽見刀刃摩擦骨頭的聲音。

有些觀眾哭著跑回家去了。那個坐在爸爸肩頭上的小孩子也被唬下了地，也不再想將來如果上刑場要怎麼樣怎麼樣了，他鬧著要回家。

縣老爺滿意地等著，等那個死囚囊來求自己主持公道，但是除了周遭觀眾的呻吟與抽泣之外，他並沒聽見別的。

木樁下流滿了血，劊子手半蹲起身，他們的工作已進行到大腿，他們就像蝗蟲，所經之處寸草不留。觀眾看到兩條很奇怪的腿，上半截是布的顏色和肉、血的顏色，下半截卻只是一根青白。有些人彎下腰去吐，坐在地下，把腳摟進懷裡，他耳朵仍聽得那種聲音，「卡、嘶——」，他拚命抱著自己的腿，淒厲地嚎啕起來。

縣太爺由人攙扶著走下台子，移近了點，經驗告訴他，該是犯人求饒的時候了，他故意在他面前搖擺，好讓那雙已然模糊的眼睛能夠看見自己。

那雙眼睛確實在竭力維持清醒，一直盯著縣太爺，他慶幸自己練了一身武功，可以撐到現在還不死。他的武功很好，這一生中只敗過一次，敗在一個也是暗器高手的「萬道雨」手下。他受了傷。

大腿已快剮完，左邊的劊子手已在削他的肚皮。縣老爺看看不對，萬一他死了還不喊冤呢？這可不成，清官不能沒有喊冤的幫襯。縣老爺當了不少年的官，沒碰過幾個人向他喊冤，他自己知道是什麼原因。不過他老告訴自己，此乃運氣不好的緣故，因爲他這個縣、那個縣地調，始終沒撞著什麼轟動的大案子。這次好不容易騙得刑部下了「就地正法」的公文，足可使他名揚天下，所以這個人非喊冤不可；就不喊冤，只要開口說幾句話，罵他是貪官也行。江洋大盜，殺人凶手既然罵他是貪官，可見他是好官。因此不論他說什麼，都能證明自己是清官，只怕他不開口。

他又移近了些，腳板底已沾上了輕輕快快、倏忽間鋪滿一地的血水，反映著那一身紅，彷彿他自己吃剮得更慘。他瞇細鼠眼，慈母般呼喚：「柳五，柳五，你有什麼遺言要交代？柳五……」

他看見自己的腸子，白花花的。這個粗魯的劊子手竟不會控制自己下手的輕重。那次他也是傷在肚皮，但他和敵人成了好朋友。「萬道雨」送給他一樣寶貝，他一直把它藏在身上最隱祕的部位。他本想有朝一日用它來救命，但現在他只能用它來拖一個貪官墊背。今天上午他趁著吃長休飯、永別酒的當兒，使了個障眼法，拗著身體把它掏出來，裝進他能夠發射它的地方。

他痛，他不想活了，他保持清醒，他有一件寶貝，他要縣老爺給他墊背。他還不能開口。

他一分一分地移動自己的頭去對準大老爺，使勁鼓凸喉結，引誘大老爺站近一點。他還很清醒，他要對大老爺開口，就像那次「萬道雨」對他開口一樣。

縣太爺果然撩起長袍下襬，踮著腳尖挨過來。「柳五，你有什麼話要說……」

他聽見腸子掉在地下，「潑剌」一響，他開了口。

縣太爺立刻晃了兩晃，吃驚地瞪著眼珠。三個劊子手大姑娘般尖嘶出聲，觀眾也扯直嗓子亂嚷成一團。反應快的叫了：「劫法場的來啦！江湖道上的好漢都來啦！」

劊子手丟下刀，拚命逃，觀眾更推推擠擠，朝四方奔竄，老的、少的被擠倒了，別人就從他身上踩過去，他們還沒看完凌遲碎剮，自己卻先化作一塊肉餅。

縣太爺兀自直挺挺地立在犯人面前，兩顆小眼珠死命向中央移動，他在作鬥雞眼。鬥雞眼的中間是一根短短小小，正夠穿破他頭骨的弩箭。

他終於不負眾望地開了口，他現在可以大聲笑、大聲喊了。他吐出嘴裡發射弩箭的機簧，笑得氣接不上氣。他的腹部以下已經沒有血肉，他笑得很開心。

他在血裡笑，他在血裡笑著喊出來：「冤枉啊！大人！」

破城

那是座經由無數祖先一磚一瓦堆砌起來的古老城池，有著莊嚴的輪廓、雄偉的門樓、優雅的飛簷、細緻的柱雕，以及高不可攀的牆堞。

它霸占住一角平原，明確地把自己與四野分開。

一轉出山坳，城池便赫然橫在腳下，他的心立刻加速跳動起來。

從山坡上望下去，「鳳陽府」宛若一隻被螞蟻圍攻的瀕死巨獸。千萬個小黑點在牠身上嚙啃撕咬，想把它弄碎了好拖回巢中當作冬藏一般。瘋狂的喊殺聲隨著風勢忽大忽小，那種發自人心底層的嗥吼，直令他毛骨悚然，整個胸腔生似一條絞緊了的毛巾，沒留分毫供臟腑活動的餘地。

他揹著紅纓長槍的右手大概顫抖得很厲害，馬上就洩漏了心中機關。

「張大郎，你怕什麼你呀？」走在他身後的「弟兄」優越地嘲笑著。瞧新兵發抖，是軍旅生涯中少數幾件賞心樂事。

他愈益恐慌，又偷眼打量四周地形，雖知此舉根本無用。昨晚才殺了兩個逃兵，血淋淋的頭顱放在一個托盤上，一營一營傳遞示眾。他認出他倆都是自己的老鄉，一個是東門外賣燒餅的「二豆」，另一個彷佛是鐵鋪子王老爹的學徒。

他鎮定一下心神，想要活命，必須斷掉逃走的念頭。

他還未十分搞清楚自己的處境，只記得三個月前，這群畜生攻破了自己的故鄉「蒙城」，他們一家人在亂兵亂民、刀光火光中失散。他剛跑出城門便被一小隊賊兵逮住，就是現在自己所屬的這一小隊。

從那時開始，他一直木偶似地聽憑他們擺弄，絕無半分思想。他不敢想。無論回憶以前或希望以後，都只會引起椎心刺骨的痛；而現在，他也沒有現在，他不曉得自己在幹什麼，更不能爲自己幹些什麼，他連根失去了自己。生命反而變得非常單純，吃、喝、睡，頭目叫動就動一下，不叫就不動，呆站著，好像一棵樹。

隊伍零亂地拖，各人保持各人的韻律，經過了五日五夜急行軍，大家的雙腿都已經離開軀體而獨立。他們穿著各式各樣的號衣，把四處掠奪的成績明掛在身上。他穿的那件，心號恰是「吳」，蒙城守將的姓。「吳」字旁邊有一攤血和一個大洞，更使他覺得自己像具會走路的屍體。

腳步沙沙響，沒有言語，只偶爾發出一兩聲槍尖互撞的清音，時時可看見一些小兵躺在路旁，翻眼瞪著天，鼻孔已有蒼蠅出入，拿他當產房。

他迴眼一圈，周圍都是同一小隊的「兄弟」，熊大個兒、牛蹄子、孫四虎、關老爺、胡溜炮、鐵拐手……，瞧模樣，「前身」一定都是莊稼漢子、販夫走卒之類。他告訴他們，他叫「張大郎」，以測字爲業，他們如果知道他是個士紳子弟，他可能活不到今天。

不少老鄉蒙受了同樣命運，也許他們還可以算是比較幸運的一群。他被抓之後，又給帶進城去，城裡那副慘狀，簡直教一向養尊處優的他，頭髮全體直立起來。他的腳板底直至此刻還殘留著踩上屍體的感覺，一個接一個，幾乎覆滿了家鄉的石板路。那裡面很可能就有自己的父母兄弟。家人面貌又氣泡般浮上腦海，他盡可能往好處思量，心底卻明白這不過是欺騙自己罷了。

前面傳來一陣喧嚷，一個小頭目正在毆打屬下士兵。隊伍冷漠地由他們身邊通過，連看都懶得多看一眼。他偷瞄了瞄，被打的那個恰好抬起頭，兩道目光一碰，連忙各自閃避開去。

換在以前，他可以輕易地叫出那人的名字，再和他話一番家常，現在，他卻故意忘了他是誰。驀然跌入另外一個世界，使他的腦筋斷作一截截，他也不想把它們再連結起來。他們這些「蒙城貨」，彼此避不見面，每個人臉上都寫著他人的過去，而「過去」是他們現在最不願觸及的。

山路盤旋直落，「鳳陽府」的城牆愈來愈顯得高大，殺聲反而聽不眞了。紅牆上下的戰鬥仍然激烈，他可以明晰地看見那些螞蟻的動作，斬、劈、削、剁，有些擺舞著手腳往下掉，有些正架起玩具似的器械朝上爬；箭頭著火的弩矢從四面八方跳進城中；城樓起火，城樓火又滅了，水從城樓上潑下來，不是救火用的水，卻是灼人用的滾湯。

他遠遠看著這一切，兀自不太相信這是正在進行中的眞實事件。這簡直是一齣戲，一場噩夢，而自己卻不由自主地往那戲台夢境中投去。

走在他前面的熊大個兒回過頭來笑道：「不怕吧？第一次上陣總會有點那個的，幾次就好了。」

他開始後悔自己生有一副算是不錯的體魄，從前他爸爸老罵他不務正業，成天只知跑馬打獵，不肯靜心讀書、求取功名。如今他發現這些責備，句句都是至理名言。他的身體若差一點，絕不至於被人拉來當兵，但他同時又感到些微驕傲，三個多月以來，每天都有「蒙城貨」受不了凌虐苛待而輾轉死去，其中不乏幹粗工的年輕漢子。他聳了聳負著八十斤物件的肩膀，奇怪自己怎會比他們強。

熊大個兒緩了幾步，和他並肩走在一處。「我教你一個祕訣，衝鋒的時候一定不要往人多的地方鑽，你懂不懂？揀人少的地方去，而且要跑得快，不怕跑在人家前頭，這樣箭就射不著你，跑到城牆角下就可以休息了。」

他有點煩，也有點感激，一時間竟忘了當初一把抓住自己的人就是他。

熊大個兒又拍拍他肩膀。「別他奶奶病貓子一樣，打起精神來。我也不喜歡當兵，誰他奶奶的喜歡當兵哪？不過既然當了嘛就只好往下當。以前的事都別想了，把自己比作一條狗，沒親沒故的，日子就好過多啦。」

他心中一陣抽痛，爲了不使自己再陷入痙攣的漩渦，連忙順嘴問道：「這座城池看起來很堅固，恐怕不好攻吧？」

牛蹄子在他耳後打岔道：「沒的事！何將軍他們已經猛攻了一個多月，馬上就要攻破了。我們巴巴跑來增援，只是做個樣子……」

「眞蠢哪你！我們是來撿現成便宜的。」他們的頭目刀疤猴，愈接近目的地，由左額斜伸至右頰的那道深槽就愈發紅，彷彿整個臉龐即將裂成兩半，此刻更興奮地搓著雙手，喃喃不休：「鳳陽出美女哩，鳳陽出美女哩……」

他被這麼一提醒，不願想的事兒便又湧上來了一小段，自己未過門的妻子正是住在「鳳陽府」。

江雨亭一家五口圍在圓桌前發楞，摻了茶紙、樹皮的大米飯早已吃完，大家卻還等待著什麼似地，遲遲不肯離開。十隻眼睛俱都深陷入眼窩，面皮緊貼顱骨，泛著槁黃；桌上那套景德窯食具因而顯得特別活躍，四下亂閃光彩。

八歲大的獨子江伯元畏縮地瞧著大人臉色，終於鼓足勇氣，噘著嘴說：「我還要吃。」

江二太太責怪的表情並不像是擺給小孩子看的，一邊哄道：「去睡，睡著了就不餓了。」

小男孩不依地扭著身子，卻也不敢再言語，因爲爸爸的目光正狠狠盯在自己臉上。

江太太眼見碗裡實在變不出東西，悲哀地嘆口氣，推桌而起。「燕燕，回房去吧？」江小姐應了聲，不動，卻忽然紅了眼眶，邁著小碎步跑向後頭。江太太便也跟著走。

江二太太不自覺地把瓷碗夾在手掌間摩挲，兩眼瞅定丈夫，「再去求求許將軍？」

江雨亭立刻煩躁起來，一搥大腿。「求！求！求誰？大家都是泥菩薩過江，大家都吃不飽，叫我去求誰？許將軍已經下令，全城的老鼠、麻雀、狗子、貓子都歸作公產，再過不了多久，連戰馬都保不住了，你們還想有飯吃？」

江二太太一凸血絲線線的眼珠，本想發作，卻實在提不起勁兒，已上唇邊的咒罵，只化為一聲輕嘆草草了事。

小男孩見父母有吵架的意思，連忙識趣離席，一溜下凳子，顛了顛，竟從裡衣中顛出一些飯粒。

江雨亭臉扯下來了，原已夠陰慘的面容顯得更嚇人。「你過來！你口袋裡裝的是什麼？」

江二太太忙把兒子往外推，江雨亭虎地跳起，三兩大步趕過去，拖住衣領，先一個爆栗子直鑿頭頂。「你還叫吃不飽？藏著東西去餵狗，還叫吃不飽？」

小男孩並不遮頭，雙手按住口袋，掙扎著哭說：「小黃已經好幾天沒吃東西了……」

江雨亭怒到極點，又狠鑿了幾記，再去掏他口袋，小男孩抵死不放，活蹦瞎嚷，好像有人要他的命，還虧江二太太奮力把丈夫攔下，小男孩這才一溜煙跑出大廳。

「畜生！畜生！昨天盧副牌軍沿街搜貓狗老鼠的時候，就早該把牠交出去。」江雨亭跳腳罵了數十句，終究無濟於事，氣呼呼地坐下，手往桌上一放，恰正抓著一隻空碗，他還不忘張眼向碗裡瞧了瞧，剛要熄滅的火苗又竄上心頭，手臂一掃，將桌面食具全摺到地下。「嗆啷啷」，聲音突出橫槅花窗，刺入夜空，城牆那邊的喧囂已經靜止下來。

他忽然感到一陣死寂與乏力，不由打了個寒顫，楞楞坐著。

江二太太也回身坐下，壓低嗓門說：「總得要想個法子呀？」

江雨亭無法抗拒地漫應：「想什麼法子？」

江二太太又四望一眼，才說：「每戶人家都有一定配米，既然不能求許將軍多分給咱們一升半合的，那我們就只好減少家中人口……」

江雨亭眼底閃了閃，沒有答話，勾勾地瞅著江二太太。

「三喜、四喜他們根本就是多餘……」

江雨亭臉色又陰暗下來，嘆氣道：「他們祖孫三代都一直跟著我們江家，我怎麼能在這種時候把他們轟出去？」

「沒叫你轟他們呀？請許將軍把他們徵去守城不就得啦？」

「大喜、二喜都已經被徵去了。三喜才十六、四喜才十五，守城還用不著他們，反而愈幫愈忙。況且喜爹的病……」

「喜爹留著，一個病人反正也吃不了多少，李媽也留著。三喜、四喜那兩條大漢實在留不得。」

江雨亭連連搖頭。「這樣蠻幹，將來我們江家那還有辦法做人？」

江二太太凹目一擰，惡著聲氣道：「將來？還有什麼將來？現在就餓死了，還想做人呢？」

「城圍總有一天會解的，聽許將軍那邊來的消息說……」

「說個屁？」江二太太的粗暴，使江雨亭睜大了眼睛。江二太太站起來，指著他，仍不敢大聲說話，由牙縫裡迸道：「你們江家是大戶，是書香門第，你要臉，要做人，要寫道德文章，要當後生小輩的榜樣，所以我們母子的死活就可以撇到一邊不管？等把你們江家的獨生子餓死了以後，看你再怎麼抬『我們江家』的招牌？」說完，一跺腳，悶哭著搖入後堂。

江雨亭獨個兒又楞半晌，跟自己生氣似地把手一揮，起身亂轉幾轉，忽聽老詩友王道聖的聲音在前院道：「唉！四喜，你也這麼瘦了？本來好一個粉妝玉琢的大小子，居然……唉！」

江雨亭不甚熱烈地迎到門口，乾笑著說：「道聖兄，難得難得！」

王道聖大步搶來執住他雙手，睫毛已掉光了的浮腫眼皮眨巴眨，似乎蓄著不少言外之意。「有道是『患難見眞情』，你我……」

江雨亭忙岔道：「是呀，局勢眞是糟透了！大家都自顧不暇，作人兄、效孔兄、齊賢兄都已經好多天沒見到人了，我也不敢請他們過來敘敘，眞是慚愧，家無餘粟……」

兩位老友互讓著坐下，江雨亭就叫四喜沏茶，王道聖忙擺手道：「吾腹中……不宜飲茶，恐增腹中……還是算了吧。」一邊斜眼睨著那邊地下打得稀爛的食具，灰臉上頓時沁出點黑來。

江雨亭的嗓門反倒大了：「此些許勞困，不足掛懷，恨不能手持干戈以衛城邦耳。想吾等……」

王道聖忙搶說：「是極是極！聖上天命所歸，福被萬民，那些土匪惡棍想必不久就會退去。而且聽說『廬州』救兵已披星戴月……」

江雨亭頷首道：「仁者無敵，自古皆然，想吾等知書達禮之人……」

「是極是極！」

兩人又扯一頓，王道聖的眼皮愈眨愈慢，終於黑著臉孔起身告辭。

江雨亭殷勤送客出門，暗透口氣，信步沿著東側迴廊行至書房門口。一步跨入，頓覺此舉毫無意義，立刻厭悶地抽回腳，卻又在門口站了好一會兒。書架上的書整齊依舊，一層層、一排排，足足遮沒了兩面牆。

「這些東西好像永遠都不會亂的。」他憤憤地忖道。「當初費那麼多心血去搞它們來幹什麼？」

他用力關上房門，想連帶著把房間震塌一般。再轉身對著滿布假山、魚池、曲橋、涼亭的大花園，右邊住著大太太，左邊住著二太太，他拿不定主意上那兒，索性繞過東側花徑走到前院。

大門旁，喜爹房裡亮著燈，窗紙上映著好幾條人影，大概兩個兒子全在屋內。他又猛然刹步，小偷似地怕光，急忙扭頭往回走。

「南無阿彌陀佛……」母女倆的聲音從佛堂那邊傳來，他不願聽，便又改變方向，卻發現一團毛茸茸的玩意兒，搖著尾巴在腳下穿梭。

「死狗！」他狠狠一腳踢去，小黃慘號著跑開了，他馬上嘗著一種報了仇的快感，同時隱約有點察覺，今晚一直在腦海某個角落翻騰騷動的，正是吃飯時見兒子可憐，便從自己碗中扒了兩筷子飯分給他的景象。

他忙一甩頭。「城圍總有一天會解的……」他站在暗影裡，竭力攀抓住這句囈語，活像一個被神靈遺棄的乩童。

城牆上火炬如龍，倨傲地把黑夜一分爲二。火焰中不時閃出點綠光，老經驗的攻城者立刻就窺破了這個表示柴薪不足的信號。

「他們已經摻用骨頭生火了。」他聽見不遠處的兩名哨兵這麼說。

他打個又大又長的呵欠，眼皮子宛若兩扇千斤閘，必得狠勁聳起額頭，才稍能阻止它朝下掉。他只好不停地走動，卻起不了多大作用，走著走著，整個人就走到睡夢裡去了，待得忽然驚醒，發現自己面前站著一個別營的哨兵，這才急急忙忙拖著長槍往回跑。

「張大郎！」刀疤猴不知打從那兒冒出來，凝定眼珠對他看了看。「明天，三人一組：熊大個兒、鐵拐手、你。聽熊大個兒的指揮。」

他點點頭，絲毫不作答話準備。刀疤猴走去一旁撒尿，回轉來時卻問了句：「挺不挺得住？」

「挺得住。」他覆誦著，刪掉「不」，這一招他早已學會，卻老用不對場合；發現自己蠢，又總比話慢半拍。

「你還可以。」刀疤猴冷冷地說，一翻身，消失在帳門內。

他並沒懊惱多少時候，「明天」這個意念幾乎占住了他整副胸腔，也驅走了五夜不曾滿足的睡欲。

他驚懼地望著對面黝黑堅頑、無法跨越的城牆，被它鎮住了一般，久久無法動彈，直到孫四虎來接他的班。

他連忙回帳睡覺。那座黑而重的城牆，緊跟入夢中，壓得他完全無法喘氣。

一滴眼淚流下面頰，浸濕了枕頭。回憶起今晚飯桌上的那一幕，她胸口不禁暗暗作痛。到底是怎麼回事呢？她根本不能理解。

圍城的是些什麼人？幹什麼來的？爲什麼要這樣？她已不願尋求這些問題的答案，她只奇怪以往家中的和睦氣氛都跑到那兒去了？

身處了十六年的世界，如今首度出現裂痕，而且愈裂愈大，這使她深深感到恐懼。今晚竟會爲了幾口飯，全家人大眼瞪小眼，那麼以後呢？聽說米快吃完了，許將軍正派人抓老鼠、麻雀……。

她沒勇氣往下想，同時胃中的空虛也阻止她往下想。她從棉被外面按住肚子，不管再怎麼樣餓，老鼠她是絕對不吃的。肚裡有老鼠？多噁心！

她翻個身，像是要把思路也轉換過來。

「『蒙城』已經破了。」她馬上想起這句話，今天被她無意中聽見，直如一個霹靂打得她全身發焦。

「張郎看會不會……」她的眼淚又流下來。如果張郎已遭遇不幸，毫無疑問，她是要守寡終身的。

她只見過丈夫一面，大約在八年前。江家與張家本是世交，那年張伯伯帶著大兒子上

「鳳陽府」，兩個大人就把親事說定了。

當時她什麼都不知道。媽媽把「張哥哥」領進後房，雖說只比自己年長四歲，在她眼中可是好大個傢伙，粗手粗腳的把桌椅碰得咚咚響。她在一旁瞅著這個怪物，聽他拉直嗓門講話，覺得很新鮮；看他撐開大口猛吃零嘴，又覺得好笑。

他不時瞟她一下，眼中透著同樣研究的神氣。

他倆不曾交換過半個字，但從此他的神態容貌就雕鏤上她心頭，尤其在母親告訴她，已把她許配給了他以後。

相思記掛與飢餓空乏交相侵襲她的神經，她終於在疲累中睡去。夢裡，張郎將活蹦活跳地來和她相會。

熊大個兒跨著大步跑在前面，鐵拐手也不慢，雖扛了具擲石器，仍與一縷輕煙相似。

他勾著頭，咬著牙，把全心全力都放在腳上，斜抱懷中的長槍便止不住直往前倒。

「咚咚咚」戰鼓不停擂，「匡匡匡」銅鑼不停敲，「破！破！破」輪到當預備隊的「弟兄」集結在陣前忘情地叫嚷，手舞之，足蹈之，兼且搖頭擺尾、臉紅頸粗，好像喊這句口號是他們生命唯一的目的。

他牢牢記著熊大個兒教給他的訣竅，想撿人少的地方鑽，一旦眞的轉到前面無人的開曠位置，卻又膽寒起來，趕緊躲回人堆背後。

身邊偶爾掉下一枝箭，輕飄飄的，不怎麼會傷人的樣子。他氣才一壯，左前方立刻有一個「弟兄」斜傾身體猛衝幾步，一頭栽入黃沙。

他剛剛挺出了半寸的脖子，馬上收縮回去，跑過那人身旁時，只見箭尖凸在腦後，恍若一顆長錯了地方的牙齒。

他不禁極端恐慌起來，雙腳軟成了麵條，腦中嗡嗡響。不，他不要再往前去，他停住，四面望，兀自搞不清方向。怎麼左邊也有牆呢？他想哭，哭不出，抱著槍原地打轉。

背後忽然挨了很用力的一推，他踉蹌未了，耳邊已響起刀疤猴暴烈的聲音：「快跑！」

他不由自主地撒開腿，氣也忘了喘，跑得比剛才更快，得空再向左邊看，原來是一個凸出來的角樓；而前面，城牆已沒多遠。先到的人正靠在牆角底下準備各種工具。

他豁出去了，不管三七二十一，大步前奔。箭彷彿少了點，躺在地下的人體彷彿多了點，他拚盡餘力一縱，整個身子撞上城牆，懸空的心立刻落實，好像這事兒到此爲止。

「嘎——」右邊一聲慘嘶，他飛快轉眼，正好看見一個「弟兄」臉上糊滿腦漿，直挺挺地朝自己倒過來。

他趕忙跳開，又一塊大石砸在身旁。他這才明白牆角下更不安全。他騰出左手按著頭頂，微挑起眼向城上窺探。看不見什麼，除了天空。

「張大郎，這邊！」熊大個兒在左首喊嚷。

好像狗聽見了哨子，他毫不猶豫地衝過去，背後同時「嘩喇」一響，夾雜著幾聲悶哼。他直奔到熊大個兒身邊才回頭看，好幾個渾身發亮的人在地下翻滾，身上冒著煙，都用手在自己臉上挖，五官全都不見了。

他幾乎要靠入熊大個兒懷裡，叫得不像人聲：「那是什麼？」

「銅汁。笨蛋！」鐵拐手離牆五、六步，「呼呼呼」地掄動擲石器，「梆」一響，一塊石頭直飛上天，他就咧嘴嘿嘿笑。

他實在待不住，又不敢朝回奔，急得一疊聲問：「我們在這裡幹什麼？我們在這裡幹什麼？」

熊大個兒一邊仰臉監視牆上動靜，隨手一指。「飛雲車來了。」

他順勢望去，一輛與城齊高的飛雲車已搭住了角樓，另有一輛正往這邊來。上城梯已放下，一百多個「弟兄」手擎盾牌、長刀，站在横梯上，只等車子一靠近，就向城中跳。

「待在這裡不要動！」熊大個兒放下長槍，拔出腰刀，迎著飛雲車跑去，幫助底下的人推車。

鐵拐手兩個大步竄近牆邊，獰笑道：「瞧見沒有？梯子上每三個裡面就有一個是新手。刀疤猴特別開恩，沒派你。」

他根本講不出話，左手仍按住頭頂，不停地看上面。

城牆中忽然伸出三根大木頭，一根帶有撓鉤，死死摳定車柱，不讓它退；另一根卻頂著車柱，不讓它進；中間的那一根便挑著個大鐵籠，籠中燃著熊熊烈火，湊上車柱猛燒。

濃煙捲下，嗆住了他的鼻眼，他聽見熊大個兒喊：「砍掉那根！砍掉那根！」

他被鐵拐手扯著打橫挪，睜開眼時，車子已攔腰燒著，梯上「弟兄」爭先恐後地往下爬，下面的人被上面的人踩著頭頂踹下去，一個個人體像餃子下鍋似地，落了地還疊在一起。

有幾個站在橫梯最前端的，估計已下不了，索性湧身朝城中跳，但距離實在太遠，空劃了幾道弧線就直直摔下來。

牆上見解決了飛雲車，便又甩下一陣石塊。他抱著頭東躲西藏，麻木了三個多月的心潮，此時竟有如颶風吹過，掀起了滔天巨浪。他單手舉著槍往上面猛捅，其實根本搆不到城牆的一半，他仍然捅得很起勁，邊捅還邊罵：「你他奶奶的！你他奶奶的！」

「退！」他聽見有人這麼吼，緊接著就見熊大個兒趕過來，一手拾起槍，另一手揮著腰刀。「退！退！」

他兀自把頭頂上的空氣捅了幾槍，才徹底明白「退」字所包涵的意義，如蒙大赦一般，轉身飛跑。熊大個兒的聲音又喊在耳邊：「回頭！回過頭跑！槍舉起來！」

他才注意到跑在前面的人都扭著脖子向後看，長槍也向後斜伸，邊跑邊撥箭。他忙學那樣子，扭過頭把槍亂搖；他摔了好幾跤，槍尖卻一直沒停止搖晃。

又一個聲音在身邊說：「好了好了，射不到了！」

他定下神，泛起一片難以言喻的歡欣，用力吐口氣，跟著大家一齊往回拖。「破！破！」陣前還有不少意猶未盡的兄弟又叫又跳，活像一群白癡，鑼鼓「咚咚匡」，不知是迎親呢還是送葬。

他腦際閃過未婚妻的影子，又看見好多個死人，不過這些都沒有關係。自己還活著，今天的城已攻完，世間沒有任何事比這更重要。

生命驀然展現出另外一種面貌，他別無選擇地拜倒在它腳下。

他胸中的激動還未平息，不時偏頭去看城牆，很想對著什麼東西大吼一番，直到刀疤猴點完了名，他才開始有些忐忑：「會不會跟我算帳呢？」

刀疤猴看都沒看他，上大頭目那兒覆命去了。

他們這小隊，死了一個，傷了兩個。熊大個兒估計今天起碼死了一千來個。

他暫時沒事做，便又插手盯瞪著對面城牆。沒什麼嘛！他現在不怕直對著它看了。他甚且故意走到陣營邊緣擺來晃去。「你能把我怎麼樣？」他鼻中噴著冷氣，馬也似地踏步。

他默默計算死在自己身邊的「弟兄」，居然算不出幾名。攻一次城要死好幾千人，原來跟自己這麼不相干，他放心地笑出來；而自己也沒殺半個人，這使得他更快樂。

想起鐵拐手的「刀疤猴對你特別開恩」，他覺得這個小頭目眞的很不錯，今天如果自己也在那梯子上——還有，熊大個兒、鐵拐手也很好，這一整個小隊都很好，自己的運氣也很好。

不多時，午飯開出來，他吃得特別香。

江雨亭親自去領食物配給已有一個多月，卻從不像今天，進門時臉上一層黑。緊跟於主人身後的四喜也垂頭喪氣，手中布包小得離譜。

三喜蹲在門邊，錯愕地瞪起死魚眼。

江雨亭猶把四喜押解到廚房，方才卸下任務，江二太太早已在那兒恭候多時了。

「就只這些？」江二太太同樣變了臉，一把搶過，打開袋口一瞧，立刻尖叫一聲。

江雨亭哼完了又唉，好像一把老木頭椅子：「本以爲城裡的米還剩下不少，沒想到……居然事前一點風聲都沒有，今天大家領到這些，都……」

李媽謹愼地靠過來，先徵得了老爺的允許，才把袋中物事悉數倒出，還要請二太太當面點清。

「狗腿兩條、老鼠四隻、雀子六隻……」老太婆撥弄著，乾癟如鳥爪的手掌顫抖得像在彈古箏。「米沒了……『鳳陽』保不住了……這些東西夠吃多久?」

三喜早跟進來，莽莽然岔道：「這些吃完了還有馬呢，那麼多匹馬。馬吃完了還有……」

他望了二太太一眼，生生嚥下一口唾沫。

江二太太忍不住掩面而泣，回身跑進屋內。

剩在廚房裡的幾個人，都呆呆地望著那些奇形怪狀的屍體，嘴巴都張得很大。

他喃喃地對那死人說：「你死了，我還活著。」這樣恐嚇著不許它作怪之後，他才安心地把它扛上肩膀。屍體散發出一種異味，冷而霉，他不禁偏過臉去。

被派出來收屍的多半都是「蒙城貨」，彼此見到居然會互相點點頭了。

城牆上也縋下了一些守軍，將牆角下的屍體裝進一隻大竹籃。

他聽說城中已快斷糧了。「總不至於吃死人吧?」他揣測著。他現在比較有餘裕來替江家的處境發急，但另一方面也更加明白自己無能爲力。

他頂多只能這樣安慰自己：「等城破了之後，請刀疤猴幫幫他們。」於是他又想：「江家的運氣還算不錯，有我這個好女婿。」

他走到另一具屍體前，停下來。「你死了，我還活著。」他喃喃地說。

惡。

她幾次想鑽出被窩，終於還是忍住，沒有起身。放在桌上的那個碗，既誘惑她又教她憎

她虛弱得時時發作昏眩，兩個多月累積起來的飢餓，好似要集中在今晚把她擊倒一般。她的鏡子早被撇在一邊，那裡面的容貌簡直不像人類所有，她也不再關心。

碗中的東西已冷了，她變得敏銳無比的鼻子依然清清楚楚地聞到那股香味。她抽搐著嚥下一口饞涎，肺腑立刻一陣刺痛，胃臟卻彷彿貼上了背脊。

她忽地坐直，顫巍巍地取過那碗，房中一片漆黑，她仍閉上眼睛，抓起一塊肉囫圇吞下，肚內馬上湧升一絲暖意。

她極迅速地一塊一塊抓著往嘴裡扔，閉著眼睛，享受那絲暖意。

他根本沒看到有箭射過來，也沒覺著痛，反正腿一軟，人就倒了下去。

他還想爬起，一拱腰，才發現箭尾羽毛梗著胸脯。他嚇一跳，急忙尋找箭頭插在那裡。還好，只在大腿根部。

他暗暗高興，傷得正是地方，可以名正言順地退出戰場。背後的喊殺跟自己無干，別人的生死也跟自己無干，今天、明天，甚至往後幾十天，自己都和這件事不相干。

他興高采烈地爬回營地，坐在帳前扯開褲管，中箭處似乎腫得很大，而且開始一刺一刺

地疼。

他想找人來幫忙，竟不知找誰。預備隊的「弟兄」擠在陣前大聲叫「破」，也有不少在附近跑來跑去，他卻感到置身荒山的孤寂。

傷口忽一下脹成紫色，整條大腿彷彿加粗了一倍，血筋扭曲地頂著皮面，像一些不安分的蚯蚓。

「這下死定了！」他慌亂地哭起來，亂抓胸口，向四周投出求救的眼光。沒用！他咬咬牙，收住眼淚，動手去拔那枝箭，才一觸著箭桿就痛得昏。他又頹然躺倒，忽覺自己這些天過得好累。「人不應該過得這麼累的。」他模模糊糊地想。「死了吧，早該死了……」

額頭發起熱來，全身有如泡在滾湯裡，他隨任自己逐漸昏迷過去。

官署大門還沒打開，人龍已延長過街角——一條皮包骨的病龍，每一個鱗片都泛出死黑，間或流著臭膿污血。隔不多久，隊伍中就會發生一次毆打與叫罵，其餘的人便更加惡意地去擠碰排在前頭的老街坊。

四喜拉了拉主人衣角。「門開了。」

江雨亭連忙踮起腳尖去察看有沒有無賴之徒不按規矩排隊，卻聽最前面傳來一聲絕叫：

「馬肉?!」

江雨亭和四喜面面相覷，高掛著大太陽的天空，似乎變成了一片墨。

人龍不由起了騷動。先是哀求，繼而猜疑，繼而咒罵，終至化作瘋狂的浪濤。

「讓他們進來好了！開門投降！要不然就全城一齊殺出去！反正就是一條命，死也該死得痛快點！」

他們抓起抓得到的任何東西擲向官署，江雨亭也氣洶洶地尋了塊石頭，卻把不遠處的一個老百姓打得鮮血直流。

街口出現一隊兵，迅捷地裹上來，長刀灑出光圈，帶飛血花，人群頓時潰散，遁入大街小巷。

江雨亭和四喜在家門口的橫街會了面。四喜痙攣著嘴角，嘔得出心似地哭：「馬吃完了，還有什麼可吃的?吃人?」

主僕倆倏然面對面停下，卻彼此閃躲著目光。

他看見父母從眼前經過，緊跟著二弟、三弟、四弟、大妹，臉上表情俱是一般冷漠。他想叫他們，卻沒叫出口。他們消失在一團灰色的迷茫之中。

然後他醒過來，第一眼就看見熊大個兒。

「眞笨，你這小子！還把箭一直留在身上幹嘛咧？」

他微抬起頭，箭已被拔掉了，傷口處紮著些碎布條。

關老爺坐在另一邊比畫著，神態有點像私塾裡的冬烘老夫子：「箭頭上有倒鉤，所以要先拿刀劃一個十字。波！一下就他奶奶的拔出來了。」

那聲「波」又叫他痛了半天。同一小隊的弟兄都散在營帳附近，他細細地一個個望過去，忽然發現這些人的面相都長得很可愛，於是他覺得自己有義務要問一問：「沒死人吧？」

「死了一個。孫四虎的左手大概廢了。」

大家都不講死掉的那個是誰。死了就是死了，死人沒有名字。

他挺直腰板，試著活動一下身體，肌肉突突跳躍，眼中景物異常鮮明，彷彿正有一股活力從心底湧出。舊生命已在剛才死盡，他欣喜地品嘗著新生命。

那晚睡覺，他緊傍著熊大個兒，夢境居然有了點色彩。

江雨亭再三拷問兒子，由昏至暮，硬是逼不出小黃下落，江二太太也不再護短了，把小男孩掐得渾身發紫。

江太太只在一旁嘆氣。「作孽！作孽！」近來她守在廚房的時間比守在佛堂裡多很多。

江雨亭終於放過奄奄一息的兒子，自去後花園搜索。大太太、二太太雖然頭重腳輕，仍勉力跟在後面。

「會不會被三喜、四喜他們拖走了喔?!」大太太覺得自己的推論很有理，便不願再往那偌大庭園中去鑽。

二太太連連搖頭。「不會的。小黃那東西精得很，最近只准伯元一個人靠近牠身邊，尤其一看見三喜、四喜，脖子上的毛就豎起來，翻嘴唇、齜牙齒。牠知道人家要吃牠。」

江雨亭一聽這話，便也打住腳步，醒悟到自己空著雙手的不安全。「還是先去喜爹房裡看看，說不定能看出些蛛絲馬跡。」

老人家房中黑漆漆的，臨窗那角透進一方月光，把床上骨棱畢露的面容映照得益發陰慘可怖。空氣中沒有狗肉香味，只有一種類似腐爛的氣息。

江雨亭懷疑他已死了，正考慮著要不要退出去，鼓凸如雞卵的喉結卻突然動了動，發出一絲帶痰的濁音：「老爺?……」

江雨亭險些驚跳起來，擠搾著說：「我是……嗯，找四喜……」

幽靈般的呢喃繼續著：「有一句……話……早想跟……老爺說……我家三代……都受江家的恩……無以為報……如果有一天……沒東西吃……我那兩個兒子……就交給老爺……處置……」

江雨亭汗流浹背地聽著這串話，宛若正有一把鋸子鋸過心坎。他半個字也沒答，翻身逃出那間屋子。

幾在同時，月影下的老僕人吁出了最後一口氣。

任誰都想不到熊大個兒也有躺下去的一天。

他愁苦地望著熊大個兒纏滿破布條的肚子，心中竟有些茫茫然。

熊大個兒還強作笑容，直起嗓門嚷嚷：「差一點就被我們攻破了！我都已經上了牆，吃那個忘八偷砍我一刀，眞是個大忘八！」

他身上染滿熊大個兒的血，是他和鐵拐手拚了老命把他扛回來的。鐵拐手一邊跑，一邊還把他的腸子往肚裡塞。

熊大個兒開始咳嗽，眼中光芒也漸漸黯淡散亂，卻仍粗聲粗氣地放著豪語：「等我明天再踏上牆頭，看我掀騰他們個天翻地覆！他奶奶的砍……」

他不忍再待，胡藉個理由一跛一跛地溜到營帳外面，箭創似乎又裂開了，他只隨手揉了揉，好像那只是個螞蟻咬的傷口。

刀疤猴從後面掩過來。

「吃完晚飯，把熊大個兒弄到後營去。」

他迴眼看著小頭目，兩人臉上都沒有什麼表情。

江雨亭面色鎮靜，步履穩定地跨入大門。三喜、四喜正蹲在前院角落裡，一雙豺狼也似。幸好虛弱的雙腳沒有拆他的台，硬撐著他走進屋內，然後他就用跑的，一直跑到大太太那兒，擂開了門，即刻崩坍在地，一身冷汗，樹葉般抖。

江二太太極快地緊閉上門。大太太、兒子、女兒全在屋內，恍若幾具活骷髏。

他抹了一把汗，站起來，又去檢查四周門窗，見都封閉得很牢固，才稍微放下心。

「怎麼樣？」大太太、二太太同聲問道。

江雨亭兩粒眼珠都已沉至最深處，困難地組出字音：「守軍現在根本不管城裡人的死活……他們說不定……」他緊低著頭，不敢去看別人癱瘓下來的面色，而自己也馬上跌入一種近乎麻痺的混沌之中。

不知過了多久，江二太太才掙扎著說：「李媽一定是被他倆……嘉爹的屍體也沒看見……再下來呢？」

其餘四個深陷在椅子裡，靜漠地聽著，好像在聽一件與己無涉的瑣事。

他揹著槍，惡狠狠地瞪著那堵有如地獄一般的城牆。城頭已好多天沒升火了，在己方層層裹裹的火堆照耀之下，那牆竟矮得可憐，脆得可笑。

「你等著吧，我們非把你攻破不可！」

他不是沒想起江家，但江家和城牆是兩回事。

他從未如此痛恨過那堵怪物。它令他不安，令他恐懼，令他厭惡，他必須要把它摧毀。他覺得它根本就是累贅，是禍害，是生命的障礙，世間如果沒有它，任誰的肉都不會少掉一塊，它有什麼資格殘殺自己的弟兄？

他不禁向後營那邊伸了伸眼。他只去探望過熊大個兒一次。

帳蓬底下彌漫著腥羶刺鼻的臭味，他的腦漿立刻如同無處躲藏的老鼠，亂衝亂突起來。數十具肢體不全的身軀七橫八豎地鋪滿一地，像是些剛從古墓裡挖掘出來的陶俑。熊大個兒躺在一個頭顱已經變形的弟兄旁邊。雙手緊按肚子，憂悶地瞧著他。「抬我出去？……抬我出去好不好？」

他簡直不知如何回答，猛地發覺這種慰問有多麼愚蠢。

「抬我出去……我不要在這裡……我要回家種田……」熊大個兒不停哀求，指縫間汩汩流出青中透灰的膿汁。他一步步往後退。

「抬我出去！」熊大個兒藉著這一吼的力量，整個人竟挺坐而起，凶毒地瞪著他，語氣卻又變得異常軟弱可憐：「抬我出去？……」

他退到帳門旁，覺得安全了些，便想湊幾句話兒說說再離開，一隻枯骨也似的手掌卻忽然一把抓住他的足踝，勁道之強，使他差點摔倒。

「水……」

他奮力踢開那個只剩半截的鬼東西，沒命地跑出營帳，直跑到一、兩百尺外的太陽下，骨髓中猶留存著蛇涎一般噁心的寒意。

他打個冷戰，恨恨盯向暗夜中的城牆，不自覺地從心底喊出來：「破！破！破！」

她和弟弟睡外間，爹、娘和二娘睡裡間。門窗已然緊閉了四天，他們只靠早先舀好的那缸水維生。

她睡在椅子拼成的床鋪上，恍惚中，聽得內室傳來一陣爭論：

「當然……女兒反正是賠錢貨……拿出去換……跟嫁出去差不多……」二娘說。

「不……兒子還可以再生……他身體差……反正也活不了……」媽說。

她覺得自己彷彿是塊被人撥來弄去的排骨。她並不悸動，早就算準了有這麼一天。

她悄悄抽出藏在枕下的剪刀，自對自地笑起來，發著鉋木頭的聲音。一種什麼黑暗的玩意兒突然從心湖深處分波而出，把她拉住往下拖；她沉、沉、沉得好痛快，血脈中蒸騰著熱氣，攏聚於胸腔；四周彷彿是些古老的巖壁，每個裂罅都展露出親切的笑容，使她備感溫馨。

她偷偷起身，爬向弟弟睡著的角落。她的手不抖，筆直地爬動，瞳仁放出貓一般的光芒，極力克制住喉間笑聲。

她終於摸著那個小床鋪，卻摸了個空。

一扇窗子被風吹得嘎嘎響。

「看到沒有？」胡溜炮伸手指著正對面。

天空只灑下一些微弱星光，他睜大眼，只見七、八名守軍正從城頭縋下來。

「餓昏了吧？」胡溜炮開心地說。「走！去抓幾個來玩玩。你還沒有開過張嘛？」

別營哨兵也窺著了，有人跑去報告中軍，有人挺著槍奔出陣營。

他忽然湧起一股急躁，撒開雙腿朝前猛搶。

那些傢伙也飛跑著迎上來，雙手不停亂搖。「願降！願降！」

他對直最右邊的那個衝過去。那人倏地刹住腳步，口中雖在喊「降」，手卻已摸上了腰刀。

他硬僵住脖子，不使頭搖晃，準準盯看著那人胸脯。全身血液都倒灌入眼睛，他像跑在雲霧裡，周遭物事全看不見，只看見對方心號「許」字上面的那一撇愈來愈大，愈來愈清楚，就寫在自己的眼睫毛上似地。

那人驚駭地吼了最後一聲「降」，「嗆」地拔出武器。

他聽見左邊先發一串金屬碰擊與慘斷，自己手中的槍便也刺向目標。

那人往旁邊一跳，躲開了，他打個空旋步，心中一陣慌亂，忙把槍桿子掃向後面，那人用刀一擋，他馬上覺出對方的虛乏，膽氣隨之大壯。其餘幾名敵人都已被包圍起來。

他扭正身子，再刺、再刺，那人的臉忽然變了形狀，他感到一種異樣的愉悅，痙攣著流遍通身，癢得他「嘰嘰」笑。槍尖陷在肉裡，一時拔不出來，他索性撇開槍桿換上腰刀。

那人斜睨著鼓凸死白的眼球看他，嘴角抛至耳梢，他應和著骨頭碎裂和肌肉收縮的韻律，一刀一刀劈下去，一些微燙的汁液濺上他臉，他冷靜地看著那個人體逐漸化作一團爛肉。

江雨亭只能巴巴地瞧著大太太和二太太扭在地下廝打，邊自奇怪她們怎還會有那麼大勁兒。

女兒也靜靜地坐在一邊，沒事人一樣。他盯著她一直藏在衣服底下的手，懼怒地想：

「可能是她……一定是她！居然忍心把自己的弟弟……」

沙嘎的嘶罵聲中忽然摻進了幾響敲門聲。

「又是三喜、四喜那兩個野獸！」他反射地按尋可供搏鬥的傢伙。

「許將軍派來的，開門！」

屋中所有的人一楞之後，五官陡展，一齊連哭帶叫地去搬那些堵住房門的物件。

三名臉上生著膿瘡的兵士不等房門完全打開就闖進來，一人手中一條鐵鍊，「嘩喇喇」地套住了大太太、二太太的脖子。另一名還想去套江小姐，兩個同伴卻哼了聲：「那麼瘦？算了吧！」拖著獵獲物就往外走。

大、二太太都嚇住了，竟毫不抵抗地任由他們拖出房門。

江雨亭怔了好半晌，實在搞不懂這究竟是怎麼回事。終於明白過來，連忙一瘸一拐地追在後面。「官老爺，行行好……」

兩個女人這才殺豬殺鴨地哭，放倒屁股賴坐地下。三名兵士的體力都不甚佳，扯了半天，踢了幾十腳，硬是搞不起她們，乾脆掏出繩索把她們的雙臂一捆，扛上肩膀，喘吁吁地走入前院。

江雨亭也挨了幾下子，肋骨生疼，死命跟到門口，腦中猛然一亮，跳指著看戲般蹲在前院角落裡的三喜、四喜，嚷嚷：「抓他們去！怎麼不先抓他們呢？他們是奴才呀?!」

三喜難看地掀起嘴唇，浮腫如尿泡的眼皮滲出絲絲血跡。「老爺，女先男後，誰也逃不了。兩位太太恐怕是城裡的最後兩個女人了。」

四喜眼珠子轉了轉，陰鷙地瞧向後院，不作一聲。

江雨亭乳狗般跑在旁邊，爬在旁邊，出了大門又走了好一段路。手中沒東西的那個忽然揶揄一笑。「江大爺，請留步吧。最近城裡不安寧，常常有人……嘿嘿！」

江雨亭實在走不動了，倒在牆角下，眼睜睜地望著大太太、二太太豬玀似地遭人扛抬而去。

「老爺……」她們的哭嚷漸漸轉弱，終被城外的喧囂聲所掩沒。

他打個寒噤，四面一覷，趕緊往回爬，好不容易爬進家門，三喜、四喜已各擎著把菜刀在等他。

他不知從那兒借得了力氣，搶起門邊大木杠，狠狠給了三喜一傢伙。滿頭是血，倒在地下掙扎的哥哥並沒教四喜膽寒，仍舊搖晃著菜刀逼過來。

江雨亭再也無法擊出第二棍，只得扔下木杠跑出大門。

四喜沒有跟來，他漫無目標地滿街亂走，沿路都是他深深熟悉的住家店鋪，但他覺得陌生，不知自己走在那裡。

他走到一家以前似乎常來的朱漆大門口，停住腳步思索著，又不知該想些什麼。

有人探頭出來看了看，他沒留心，仍站在那兒舉目四顧，想搞清楚自己站在這裡的意義。然後他腦袋裡面彷彿「崩」了一響，整個身子都不對勁了，像隨著寒風在荒山山巔打詩友王道聖。

旋，又像飄浮於熱帶雨林之中，眼底千絲萬條、斑斑點點，其間亙著一張獰笑的臉，正是老

本領。

他們閒散了好一陣子，成天喝酒賭博，四處瞎逛，要不然就圍在火堆旁邊較量說笑話的

他輸了不少，欠條上寫明「城破後歸還」，其實並沒有幾個人識得，他仍然把它們寫得很

端正。

從前他也賭錢，輸了總會發急，現在他可不，反正日子都是同一樣兒地混過去。現在他

對什麼都不急，只急於登上那座城牆。

人家嘲笑他，問他爲什麼，他楞想著，根本回答不上來。

四喜終於弄開了一扇窗子爬進屋內，菜刀銜在嘴裡。

床上躺著一截黑乾枯瘦的軀殼，雙眼緊閉，出氣多入氣少。

他慢慢靠近，詫異地盯著那張曾經有如春日蓓蕾一般的面容，同時不禁戰慄地摸摸自己

的臉。

「我們又一樣了。」他淒慘地忖。「我們從小在一齊玩，長大了妳就不理我了。嗯，妳是

小姐，我是奴才，但現在……」

他挨近床緣，舉起菜刀，又放下。女人的衣襟半敞著。

他猶豫片刻，微微俯身解開她的上衣。那把骨頭使他又想哭、又想笑。

女人嘴角忽然流出一絲饞涎，他聽見一種鉋木頭似的聲音，緊接著肚子一涼。他低下頭，小腹插著把剪刀。

「破！破！破！」

他挺立於橫梯最前端，一手揮舞長刀，另一手套著面獸頭盾牌。

飛雲車順利地靠近牆邊，城牆中段已沒有木杜伸出來了。幾個病懨懨的守軍勉力圍攏，築堤似地擋在「上城梯」前。

「這種蹩貨！」他對鐵拐手笑嚷，扯開厚實怒凸的胸脯，狠力一劈，磕掉了兩桿長槍。一步登上城頭，眼珠立即沖成血紅，酣恣地掄動鋼刀，每砍一下，整個人都隨著蹦跳起來。

他愛極了這種律動，跳、砍、跳、砍，手臂遇到阻力，卡、噗哧，熱汁噴上臉龐，舐一舐，鹹得夠勁。他腰間愈來愈重，四筆血淋淋的戰功掛在那兒搖晃。

這一邊的敵人不消兩下便全部了帳，他飛跑向正門，可惜晚了一步，姓許的已被別個小隊抓住。

他懊惱不已。然而，當他猛一轉身，俯瞰著整座城池的時候，他的胸腔就立刻漲滿了。他這輩子尚未成功過任何一樁事業，從前的二十年都算是白活了，如今他才可以驕傲地把自己當成一個人，一個頂天立地的好漢。

他石雕般佇立於城頭，久久不動一下，陽光在他身周形成一圈耀目的光環，他盡情地品味那英雄的喜悅。

終於下入城中之後，刀疤猴便率領他們朝南邊一帶搜索。

「娘兒們是不會有了。」孫四虎擺動著軟答答的左手，頗爲遺憾地說。「還好，人不會吃金銀財寶。」

他不免有些悵惘。但轉念一想，反正往後的日子不容許自己有老婆，便立刻恢復了愉快心境。

他們揀好的開張，走入一所巨宅，各人敞開背包，見到東西就拿。

他們踅進後花園，頑童般故意走失在那迷宮裡，彼此隔著假山喊叫，發出各種怪聲，牛蹄子說：「我將來也要住這樣的房子。」惹得大家都笑。

他和鐵拐手、胡溜炮轉到一座假山腳下，忽被一隻精巴骨瘦的黃狗攔住去路，齜出尖牙，噴著白沫，似乎很想跳上來搶他們腰間的首級。

鐵拐手趕走那狗，發現山腳下有一個小洞，裡面有一顆小孩子的頭顱骨。

「嘿嘿！這兒有娘們咧！」

他們三腳兩步趕到右面一帶廂房，孫四虎已在迴廊上弄開了，壓在他身子底下的東西，很難看出曾經有過人類的形狀，正抓著兩滿把乾糧拚命往嘴裡塞。

他們興致昂揚地圍在旁邊看，一個一個換，每換一個就塞給她一把乾糧。她好像是一個無底洞，不管什麼東西都嚥得下去。她爲了減輕痛楚，盡量張開雙腿，他們卻一定要她併攏。

五、六個之後，有人慫恿他了：「張大郎，嘗嘗吧？嘗嘗！」

他盛情難卻地解下腰間頭顱，趴上去蠕蠕而動，和女人的嘴巴恰成節拍。

關老爺在屋內翻箱倒櫃，出來時，手中拎著副白森森的骨架。女人就在這時斷了氣。

他們高高興興地走出那座巨宅，繼續執行任務。街上偶有弟兄拖著半死不活的「鳳陽貨」經過，他優越地拿他們開玩笑，粗聲和別個小隊的弟兄打招呼。他還碰見幾個「蒙城」老鄉，互相叫喚著對方的小名，卻沒別的話好說。

剛才那座宅子的印象，逐漸沁進記憶深處，激起了一點回響。不過，他搖搖頭，所有鄉紳的宅子都差不多，他自己的老家也是這種樣子。

他沿著石板路走去，想找個本地人問問江家住在那裡。

秋日陽光溫煦地流入毛孔，舒活了他的四肢百骸，整座城池浸潤在出奇的寧謐平和之中，屋頂瓦片反映出優美的光線，街道乾淨得宛若用水洗過一般；微風呢喃，偶爾輕掩上一扇門，引發一聲異常柔和的顫音。這一刻，他覺得世界眞美好，沒有什麼不如意，悲嘆怨憤都是多餘。

江家或許早已避難到鄉下去了；他自己的家人或許都沒有死，正好好地活在另一個城鎭裡。他這輩子或許再也見不著他們的，但這根本無關緊要，反正他知道大家都活得很好就夠了。

他走在秋陽下，快樂而滿足，胸中充盈著對上蒼的禮讚與感激。

這是座經由無數祖先一磚一瓦堆砌起來的古老城池，有著頹敗的輪廓、傾圮的門樓、殘缺的飛簷、焦黑的柱雕，以及其實不甚高的牆堞。

它霸占住一角平原，明確地把自己與四野分開。

但現在，城裡城外已經沒有什麼差別了。

城已破。

無爲一刀

近來，展一刀的心情簡直壞透了。

他見了人就說：「這世上還有公理嗎？我這樣……他那樣……根本是瞎搞嘛！」

他那兩條永遠如同鋼刀一般堅橫在額頭上的粗黑濃眉，竟變成了一對大食人用來割仙人掌的彎刀，還彷彿有些生鏽，使得眼珠子都透出了暗紅色的光。

但整座無爲縣沒有半個人願意聽他訴苦，展一刀是個走在路上連狗都不聞的傢伙。大家都把鼻子掉轉過去，好像有誰剛放了個屁。

展一刀可不甘休，他一把拖住賣饅頭的王二爹。「您倒是說說看，當年我一刀砍下四毛子的腦袋，他可有叫一聲痛？知子莫若父，您一定知道得最清楚。您說說看，我那一刀俐落不俐落？」

王二爹冷冷地回答：「你那一刀俐落極了，夠教你下十八次地獄！」

那晚，展一刀在酒樓喝得大醉。

「我有什麼過錯？」展一刀憤憤地想。十五年劊子手生涯，他一共斬過六個人渣壞蛋的首級，那次不是一刀就了結掉的？

「我曾經叫人抱著脖子，痛得滿地亂滾嗎？我曾經把人家的脖子砍得跟鋸齒片兒一樣嗎？我曾經教你們沒法拿饅頭蘸人血，去醫肺癆病嗎？」展一刀竟不顧一切拍著桌子嚷嚷。「沒有，對不對？那麼，大老爺爲什麼要找人來替換我？爲什麼？」

「我敢！」他用握刀的手，拚命敲打自己的頭。「我敢發誓，將來下到地獄，那六個死鬼也必定會列隊歡迎我！」

「他們當然會歡迎你，他們巴不得你早點去，愈早愈好！」被展一刀砍了丈夫的張大嬸在灶後發出咬牙切齒的聲音。

過沒幾天，替代展一刀的傢伙就從京城裡來了。

縣老爺一大清早便恭敬其事地升堂等候，興奮得坐都坐不住，蝦蟆般滿衙門亂跳。

原來不關心這樁事兒的人，也都開始奇怪了。來的會是個什麼樣的腳色呢？縣老爺的官職雖是靠捐銀子捐出來的，卻絕非一個毫無見識的鄉巴佬，聽說他老子還是慣走大海、販賣私貨的梟霸子呢。

「好哇！」展一刀臂腕上的筋絡，宛如一群生氣的蚯蚓破土鑽出，一塊塊肌肉則像是即將埋葬對方的小墳堆。他仔細磨光了那柄鬼頭法刀，趕在縣衙門口守著。

大家都從鼻孔裡笑著說話：「天子腳下來的人會差嗎？光聽他的名字，就知道他不是個好惹的，段投胎、斷投胎，他殺了人還不讓人家投胎哩！你這個斬一刀算什麼喲？沒殺氣！」

其實，展一刀也正在心裡這麼嘀咕著呢，但他握了握刀柄，天下會有更厲害的快刀？他不信！

段投胎終於來了，還是坐著輛大騾車來的，「踏啦踏啦」，恍若踩著路旁兩列人眾的心臟走過來似的。

展一刀的瞳孔放得比夜貓子還大，冷汗直往血管裡倒灌，刀柄好像要咬人，「喀喇喀喇」地磨著牙。

無為縣人平常再怎麼樣不把展一刀當成東西，此刻也不禁為他的氣勢喝采。

「給他一個下馬威！」有人喊了。「無為縣不是他可以來去自如的地方。」

騾車行到縣衙門口停住，半晌不見人下來。坐在車裡的段投胎，向四周發出比刀鋒還要銳利的氣息，使每一個人皮膚上的疙瘩全都躲到了心裡去。

「要慘！」展一刀暗叫一聲，他的頭有點發昏，眼睛有點發黑，手卻有點發抖。

「不行！」展一刀生就好漢的拚勁，他振作起精神，不管段投胎下不下車，他準備一刀劈進車裡去。

就在這當兒，縣老爺搶前兩步，居然衝著騾車跪了下來。大家都楞住了，迎接一個劊子手用得著這麼大的禮數嗎？

無為縣沒人看過禮制或禮書，但膝蓋之柔軟，絕不輸給別縣的人，當即跪了滿街。

展一刀氣沮了，還用講？此人定是奉派出京的大內侍衛。展一刀彷彿聽見一種自己聽過六次的聲音，只不過這次卻是從自己的脖子上發出來的。

他也跪下了，一點火兒也不冒啦。朝廷居然派出這麼一號人物來替換自己，眞夠光彩，說實在的，眞夠光彩！

只聽縣老爺大聲唱道：「恭迎法器！」

大夥兒又楞了楞。不是叫作段投胎嗎？法器這名字可更怪。

大家都翻翹起眼珠，瞅定那騾車，但見趕車的跳下車座，先從車裡扛出一具兩三個人高的大木架，然後又取出一把沒有柄兒的大鍘刀，緊接著又是木塊、又是鐵鍊，嘩喇得人耳朵直勁響。

衙役們捧起這些東西走進衙門裡去了，縣老爺站起身子，撣了撣塵土，也進衙門裡去了，趕車的跳上車座，整輛騾車也從邊門進去了。

人呢？段投胎呢？

大家直起膝蓋，納悶著不肯走散，聚在衙門門口向裡面打探消息。展一刀卻鬆了口氣，萬一那傢伙要找自己較量，醜可丟大嘍。

一群人亂烘烘地攪弄了半日，好不容易才把事情弄清楚，原來「段投胎」根本不是個人，而是西洋番鬼進貢給皇帝老子玩兒的新鮮東西，眞正的名稱應該是「斷頭台」。皇帝老子嫌它不好玩，一直把它擱在皇宮角落，卻不知怎地，被無爲縣的縣老爺請了出來，接替展一刀的職務。

展一刀簡直氣得快瘋了，誰也不曉得那天晚上他是怎麼過的。但那天夜裡，大夥兒躺在自家床上，總覺得心裡不對，似乎是，日子不像以前了，生活的腳步亂了，生活的節拍走板兒了，生活……唉，生活再也不是生活了。

他們開始一絲一絲地記起展一刀的好處。那次張家和李家爲了一頭牛，差點發生械鬥，不是展一刀出面調解的嗎？西門的孫屠戶多凶呀，見了展一刀不照樣乖乖的嗎？若沒有展一刀，誰曉得他會鬧出什麼亂子來呀？

展一刀是所有惡人的剋星，是一切秩序的維護者。不錯，任誰都會不由自主地畏懼展一刀，可沒有誰會去畏懼那麼一個木頭架子。

他們在床上翻個身，又恍惚記起，好像無爲縣裡的任何爭執，只要展一刀一出面，無不迎刃而化。彷彿，公堂上縣太爺解決不了的麻煩，展一刀有辦法解決；寺廟裡神明判斷不出的難題，展一刀有辦法判斷。

追根究柢，展一刀是無爲縣的太陽，是無爲縣立足於天地之間的根基。展一刀比誰都大，甚至比縣太爺還大，縣太爺有什麼資格撤換他呢？就算非撤換不可，好歹也該請個跟展一刀一樣的人來嘛……，那麼個木頭架子，呸！

他們又翻了個身，苦惱地抱著自己的頭。他們覺得天快塌了，無爲縣就要變成一個混亂狂暴、遍地血腥的野蠻世界了。

那天夜裡，所有無爲縣城的屋頂底下，都發作出比夜還長的呻吟和囈語。

翌日，地方上的鄉紳父老成群結隊，愁眉苦臉地去向縣老爺請願：

「以後大夥兒有了糾紛，誰來替我們作主呢？」

「萬一『瓦罐寨』的土匪知道了這回事，一定會來趁火打劫的。」

「沒了展一刀做榜樣，我們可怎麼教導孩子將來一定要做個堂堂正正的人呢？」

最有力的論證，則是由賣饅頭的王二爹提出來的：「以後孩兒們犯了罪，誰能夠一刀——僅只一刀，就把孩兒們的腦袋不痛不癢地砍下來呢？」

雖然無爲縣已經十多年沒有人被判死刑，但那年展一刀打著赤膊，站在十字路口，迎著正午陽光掄起法刀，「刷」的一下，將四毛子的頸項切得如同一塊鉋過的梁柱頂兒，喝！無爲縣人現在深刻地體悟到，那股威風，那手神技，那陣不得不叫人打從心底直泛而起的穩定與信賴之感，無爲縣人永遠也不會忘記。

縣老爺很被父老們的誠心感動，當即拍胸保證：「展一刀確實是個人才，叫他當劊子手確實太埋沒了他，我已經決定把他調去當捕快，請大家放心。」

究竟這個捐納出身的廣東佬，是不是有點嫉妒展一刀在無爲縣的威權，誰都拿不準，反正，縣太爺的答覆並沒有令大家滿意。

縣老爺明明知道展一刀二十年前曾是「瓦罐寨」的一員，如今卻派他當捕快，去和那些老哥兒們作對，豈不是故意爲難他嗎？雖說綠林道上從沒把強盜和捕快劃分清楚過，但太擺明著幹，總使人拉不下面子。

不過，展一刀本人反而冷靜得很，他對每一個來安慰他的人說：「這沒有什麼啦，哎呀，小事一樁。那個木頭架子遲早會丟個大人的，你們等著瞧好啦。」

無爲縣人可沒辦法像他這麼豁達，這簡直是侮辱，竟想用一個木頭架子來砍人的腦袋，簡直是不把人當人！

他們大聲疾呼，四處議論，爲了挽救無爲縣的命運而奔走不停。

展一刀從來沒有想到，自己的命運居然和無爲縣的命運如此緊密地貼合在一起。他先是靦腆地接受無爲縣人的慰問與致敬，但後來他覺得人家這樣看重自己，自己好歹也該採取一點行動，以免無爲縣墮入萬劫不復的境地。

他上衙門後院去了一趟，那個木頭架子已經拼起來了。鍘刀高懸，繫以鐵鍊，下面放著塊中間有道凹槽的大木頭。

「原來是這麼個玩意兒。」有一剎那，展一刀心中彷彿升起一絲敬佩之意——滿妙的嘛！這些洋鬼子，虧他們想得出……但他馬上搖搖腦袋。「鬼東西！」他憤憤地想。「非丟個大人不可！」

恰巧縣老爺也來看這個寶貝。

他碰見展一刀，居然一點也不覺得愧疚，如同海水一般湛藍的眼睛裡，不停閃跳拍擊著浪花也似的光芒。「這個玩意兒怎麼樣？很妙吧！」他背著手，在木頭架子底下繞來繞去，摸摸這、拍拍那，彷彿把它當成了自己的兒子。「眞妙！眞妙！」他不住嘴地說。

「他在故意羞辱我，是不是？」展一刀氣極了，勉強控制著舌頭：「大老爺，殺頭這回事，總應該……應該……」他愈搜尋不出字眼，就愈恨恨地瞪著那個年輕而有活力的廣東佬。「總該規矩一點。用這種東西，實在有些……荒唐。」

展一刀的胸腔裡驀地沖起一股無法遏抑的委屈和激動，他用力拍著自己的胸脯。「我難道幹得不好嗎？我那一次砸鍋了呢？這個架子懂什麼？它懂得對臨死的犯人滿懷敬意嗎？它知道每個人的脖子都不一樣嗎？它……它……」展一刀哽咽了，豆大淚珠在他滿布刀紋的臉上滾來滾去。

縣老爺彷彿十分驚異，皺著眉頭說：「不是這樣的，展一刀，因爲我看你是個人才，所以才想把你調個比較有前程的職位，一輩子當劊子手有什麼出息呢？行刑這碼子事兒，實在用不著把一個人的一生全浪費在裡面。」

展一刀被這番有條有理的言談堵得說不出話。「哼，他念過書，他會編藉口，我講不過他，不講啦，反正總有一天……」

展一刀的機會馬上就來了。無爲縣的捕快不知怎麼地，竟把「瓦罐寨」的老大「金豹子」抓進了牢裡。

「大水……龍王……」無爲縣人都在心中暗笑著，一方面興奮地期待熱鬧好戲，另一方面卻止不住爲金豹子悲哀。

「趕得眞巧，二十多年沒被捕快沾過邊，卻巴巴地趕來給木頭架子試刀。」大家的胸口都塞上了什麼東西。「作踐人哪！不像回事！」

當天晚上，展一刀就提著兩瓶燒刀子、一包滷菜，走進金豹子的牢房。可熱鬧，牢頭、獄卒、捕頭、捕快，坐了一屋子，喝酒划拳，裝瘋賣傻，鬧得鐵窗格子嗡嗡響。

金豹子毛蓬蓬的大腦袋在正中央搖晃，一手端酒碗，一手抓著根鴨翅膀，見他進來，「哈」地大笑一聲。「你來晚啦！」

展一刀放下酒菜，一言不發，先對金豹子磕了三個響頭。

金豹子連連擺手。「老兄弟，別來這一套。我金豹子朋友滿天下，最夠意思的卻還是你。你不幹劊子手了，對不對？砍我頭的不是你；你也還沒當上捕快，對不對？抓我的也不是你。來來來，不枉咱們兄弟一場，喝他娘的三大碗！」

展一刀捧起酒碗，冷冷瞟了即將是自己頂頭上司的羅捕頭一眼。「怎麼搞的？沒弄錯吧？」

羅捕頭尷尬地直搔頭皮，金豹子一甩下巴道：「別提了，『瓦罐寨』窩裡反了，就這麼簡單。」

羅捕頭仍然不安地搓著手。「大老爺又直向我們要人來試那個木頭架子，所以……」

金豹子不耐煩地截斷話兒：「『瓦罐不離井邊破』，當年我給山寨取名字，就已經想到遲早總會有這麼一天，別說啦，傷感情，眞是！」

展一刀陪著大家喝了一回酒，一逕悶悶不語，金豹子的眼睛那有不亮的，放下酒碗，朝著滿屋子人一揮手。「咱們兩個老兄弟還要單獨聚聚，眾位請吧，謝啦！」

展一刀曉得金豹子喜歡乾脆，等大夥兒一走光，劈面就說：「老大，你可得幫我一個忙。」

金豹子楞了楞。「我還能幫你的忙？」

展一刀露出凶狠的表情。「老大，你知道那個木頭架子吧？什麼東西呀那是？搶我的飯碗！」

金豹子摸了摸自己的後頸，嘆口氣，眼睛居然紅了起來。「說實在的，別的倒沒什麼，給那種鬼子壞貨砍脖子，可眞不甘心。既不知頭落地是不是碗大一個疤，又不知二十年後還會不會變成一條好漢，眞楣呀我！」

展一刀搥拳頭。「所以說嘛！那種東西要不得！」

金豹子也一搥拳頭。「當然要不得！」

展一刀又說：「這樣下去，人心風氣都被弄壞了嘛！咱華夏之邦的後代子孫……唉！」

金豹子有點明白這事體的嚴重程度了，他大蹙著眉毛。「我能怎麼樣呢？」

「那東西是死的，要叫它丟人現眼很簡單。」展一刀把那木頭架子的構造和作用講解了一遍。「你的脖子必得要放在木塊上的凹槽裡，那鍘刀才砍得準。所以，鍘刀往下一落，你的脖子就往後一縮……」

金豹子瞪大眼睛。「那就怎麼啦？」

展一刀得意洋洋地道：「那鍘刀就把你的腦袋砍成兩半啦。自古以來，有人聽說過犯人的腦袋被砍成兩半的嗎？」

金豹子這會兒不摸後頸了，他沿著鼻子在圓頭顱上摸了一轉兒，又嘆口氣，楞怔怔地想了半天，忽然「噗」地大笑起來。「這個忙我幫定了！咱們哥兒倆，二十年的交情了，還有什麼好說的？」

於是乎，那天展一刀首次站在人群之中觀看行刑的時候，心頭可是篤定得很。

無爲縣人卻跟往年不一樣，居然沒有半個人嘻笑，全都皺眉擠臉的，好像參加什麼喪事一般。

「眞作孽喔！」有人說。「這麼一搞，誰還有興致呢？」

不過，拿著饅頭等著蘸人血醫肺癆病的，仍然有好幾十個。

展一刀望定那座挺立在人圈中央的木頭架子，冷氣噴個不了。「等著瞧，鬼子東西！」

但當金豹子在眾人喝采、惋惜、哀悼聲中走上斷頭台之後，展一刀卻開始發急了。

負責行刑的差役不但用麻繩把金豹子的身體捆得緊緊的，還抖出一條鐵鍊，將金豹子的脖子狠狠固定在那道凹槽裡面。

金豹子也急了。「這可怎麼辦哪？炎黃子孫……華夷之防……」

他奮起每一根肌肉的力道，尤其是脖子上的力道，拚命往後縮。

「大丈夫一諾千金，萬一被砍了脖子，我金豹子以後還怎麼做人哪？」秉持著如此信念，金豹子原本已夠搏半隻老虎的力氣，陡然又增加了好多倍。

就在差役鬆手，鍘刀落下的當兒，麻繩鐵鍊同時發出一聲暴響，金豹子從容地用鼻子代替了脖子應該在的部位。

為了確定位置，金豹子還支開雙腳，伸出雙手扶正自己的頭顱。

然而——「咦，我不是可以跑掉嗎？」金豹子這才猛個想起自己身上已沒有任何束縛，但好像已經稍微遲了點。

拿著饅頭的百姓簡直狂怒了。

那噴出來的青筍筍、灰撲撲的東西能醫肺癆病嗎？那本史書上記載殺頭是這樣殺的呢？這個鬼木頭架子，這個鬼「段投胎」！這個鬼縣太爺！

沒拿饅頭的無爲縣人當然也不會高興。亂！破壞法度！敗壞風俗！教壞人心！

地方鄉紳在告老還鄉的張翰林領導之下，聯名進京告了縣太爺一狀，朝廷也馬上做了處置，把那愛搞新奇花樣的廣東佬調去新疆，換了一個眞正八股出身的，來安撫無爲縣這次創痛。

無爲縣人都很愉快了，展一刀當然又奪回了自己的飯碗，同時也奪回了自己以前在縣裡的地位——走在路上連狗都不聞。但展一刀仍然和縣人一樣愉快，最起碼他曾經當過烈士，曾經爲炎黃子孫付出一份心力，這在他已很滿足了。

至於那「段投胎」，夜夜在縣衙後院發出聲響，鐵鍊「嘩嘩」，木塊「咚咚」，刀刃「嗡嗡」，這倒不是它因爲沒喝著人血而在那兒呻吟吵鬧，只是縣衙掌廚的劉三嫂常用它來切排骨罷了。

要命時刻

刀刃斬下，犯人攔腰斷作兩截，鮮血噴灑在縣城十字路口。犯人的上半身痛苦地蠕動著，突地雙手一撐，居然直立起來。

圍著看熱鬧的縣城居民發出一陣驚叫，頓時走得一個都不剩。監斬官和劊子手也皺皺眉，逕自回衙門去了。

犯人孤零零地「站」在那兒，好像正從土裡鑽出來一般。

日正當中，小孩子蹲在路口，細細端詳著犯人。

犯人抬起失神的眼睛，朝他咧嘴笑了笑。

「你不會死嗎？」小孩子問。

「當然會。」犯人的喉管裡似乎充滿了唾沫。「不曉得還能捱多久。」

「我的爹娘都嚇壞了，他們說從沒見過這樣的事。」小孩子指了指路口周圍的住戶。「他們都躲在窗戶後面看。那一家的王二爹跟人打賭，說你活不過一個時辰，但也有人說你身子骨硬，可以熬到傍晚……」

「最好別拖那麼久。」犯人苦笑一聲。「你叫什麼名字？」

「土蟲兒。」小孩子回答。

「我叫伏一波。」

「我知道，大家都知道。伏一波，明火執仗，強盜殺人，腰斬棄市，曝屍三日……你很痛嗎？」

「當然痛。」

「我想也是。你應該早點死掉，壞人都應該早點死掉。」

「但願如此。但我還有事要做。」

夏邑縣的捕頭葉秦來到十字路口的時候，伏一波正用雙手掐著腰肢，彷彿想把那巨大的傷口擠攏似的。

「伏一波，你被人害了，你曉不曉得？」

「不太清楚，只猜著了點兒。」

「你把收藏贓物的地點告訴我，有朝一日我會幫你主持公道。」

伏一波用憂傷無神的眼睛看著他。「葉捕頭，我沒念過書，也沒見過多少世面，現在我要死了，我只想再爲自己做一件事，你明白麼？」

「我明白，隨你的便吧。」

葉秦走後不久，一個員外模樣的人來到他身旁。「賊囚囊，你爲啥要殺我兒子？」

伏一波抬起頭。「你是『源記錢莊』的錢北斗錢老闆？」

「沒錯。」錢北斗舉起腳想踢過去，卻又馬上收了回來。「死賊囚囊，我兒子跟你有什麼仇恨？」

「沒有。」伏一波說。「我沒殺你兒子。」

「反正不是你就是你的同夥。」

「我們都沒殺你兒子，我們只是打劫……」

「賊囚囊，你去死吧！」

「等一下，錢老闆，那天錢莊被搶走了多少兩黃金？」

錢北斗楞了楞。「三千兩。你自己搶的還會不知道嗎？」

「我知道了，錢老闆。」

「小伏，還撐不撐得下去？」

伏一波的同夥諢名喚作「鐵肚皮」的傢伙，裝作沒事人兒一樣路過，低聲這麼問道。

「你看我這樣子還能撐多久？」

「小伏，你眞有種，聽說各種刑具全用上了，你就是沒招出半個兄弟。大夥兒一輩子感激你。」

「麻煩你帶句話給老大，我很後悔，從前我是大夥兒當中最不聽話的……」

「小伏，別說了，其實老大還是對你最好，兄弟夥兒都看得出來，那晚老大不是只帶著你進金庫嗎？咱們三個只有在外頭把風的份兒。老大今天特地叫我告訴你，他會照顧你娘，你放心好了。」

「我很後悔，從前不聽老大的話。你一定要告訴他。」

「我會告訴他。」鐵肚皮轉動著眼珠。「小伏，那晚你跟老大在金庫裡到底拿了多少兩金子？」

「我腦袋已經開始迷糊了，我想想看，那晚我們翻進錢莊，打昏了幾個夥計，然後你們在外頭把風……順便問你一聲，你們把錢北斗的兒子錢大海殺了嗎？」

「沒人殺他，把他打昏了而已。這事兒蹊蹺得緊，一定有人偷偷跟在我們後面殺了他，然後嫁禍給我們……」

「這先不提，那晚我跟老大走進金庫之後，把所有的金條子分成五袋，每一袋好像都裝了六十條，每一條是十兩，所以應該是……」

「三千兩。」鐵肚皮的聲音冷了下來。

「不錯，三千兩。錢北斗報官，不也說他被劫走了三千兩嗎？」

「我曉得了。」鐵肚皮點點頭。「每個人的袋子裡都裝了六百兩。」

「怎麼，已經半個多月了，你的那一袋直到現在還沒打開看嗎？」

「那晚得手後，大家摸黑趕路，誰還有空去看袋子裡有多少條子？按照慣例，一回到老巢，老大就把袋子都收走了——只除了你那一袋。」

「半路上我先回家去了，但我也照老大的吩咐，把袋子藏在瓦窯那兒。」

鐵肚皮一呆。「但老大去找過，說是找不著。」

「不可能！」伏一波叫了起來。

「小伏，你放心，這沒關係，你那一份總會找到的。」鐵肚皮冷笑一聲。「明明是三千兩，老大卻偏說只有二千兩，這數目遲早也會對上的。你放心，我走了。」

土蟲兒帶了一瓦罐子水，想給伏一波喝。

「我的身體不曉得還能不能進水。」伏一波微弱地說著，忽然笑了起來。「等下萬一要撒尿，從那兒撒出去呢？」

「血好像已經不流了。」土蟲兒望著伏一波橫斷的腰肢。

「泥巴能止血，所以剛才我拚著老命也要直立起來。」伏一波說。「但我曉得血已快流光了，現在我冷得要命。」

土蟲兒舉頭望了望末時的太陽，依舊毒辣非常，伏一波青白的臉色和顫抖的語聲，令他不禁打了個哆嗦。「他們爲什麼不讓你一下子就死呢？爲什麼把你殺了，還要丟在這裡給人家看？」

「大概是想嚇唬老百姓，讓人看了以後不敢做壞事。」

「皇帝眞聰明。」

「對呀，所有的皇帝都很聰明。把你嚇倒了吧？你長大後不敢做壞事了吧？」

「我不會做壞事。」土蟲兒看了伏一波一眼，頓住了，半晌才說：「但我還沒長大。」

伏一波又笑了笑。「我小時候經常看見城門上掛著人頭，一掛就好幾個月，到後來都風得乾乾的，好像文旦一樣。我那時眞被嚇壞了，城門上一有人頭，我就不敢從下面經過，我還記得那時心裡一直都在想，長大了一定不能幹壞事。」

「我會記得你。」土蟲兒說。「我長大了不知道會怎麼樣。」

「最好聰明一點，跟皇帝一樣聰明。」

「我走了。」土蟲兒站起來。「那個王二爹已經輸了。」

「心軟的人總是比較倒楣。」伏一波說。

「住在縣城十字路口的人好像都很倒楣。」

葉秦再度走訪伏一波，竟帶來一包草藥，餵入瀕死之人的嘴巴。「大概會有點用。」

「葉捕頭，你爲什麼要這樣照顧我？」

「人要體察天意。小伏，你嚇我一跳，也讓我想起很多事。」

「葉捕頭，我一直想問你，你是怎麼逮到我的？你怎麼曉得搶案是我幹的？」

「你們這夥人手腳俐落，沒留下任何線索，還眞叫人頭痛。但當晚褚師爺就把我叫了去，說有人密告，你伏一波涉嫌重大……」

「師爺叫你去？」

「不錯，師爺叫我去。說來好笑，線民通常都是向我告密……」

「抱歉，葉捕頭，很多事情我不太懂，師爺究竟是幹什麼的？」

「師爺是縣老爺的幕友，換句話說，是縣老爺請來的幫手，既非本地的書吏與差役，也非朝廷的命官。師爺全都通曉律例，主要替縣老爺處理刑名和錢穀之事。譬如說，這名人犯該用那條條例來治罪，縣老爺科舉出身，只會念四書五經，那懂得繁雜的律例，這時就由師爺來出主意，往往一字能叫人死，一字能叫人生。再嘛，就是錢穀了，我有個遠房堂叔在安陽縣當師爺，全安陽的錢莊掌櫃都跟他有交情，因爲錢莊是貨財流動周轉的地方，而縣庫總有周轉不過來的時候，錢莊掌櫃就能幫上一些忙。反過來說，萬一錢莊掌櫃背著老闆挪用公款，師爺能不幫忙嗎？」

「萬一錢莊掌櫃挪用公款。」伏一波說。「這倒好。」

「好得很。怎麼能讓錢莊老闆查出一筆爛帳，你說對不對？我倒要問問你，打劫是誰的主意？」

「一向都是老大的主意。」

「據我所知你們這夥人從來沒劫過錢莊，這回為何選定『源記』？」

「我不曉得。」

「話再說回頭，我反正只管抓人，得到密報後便連夜趕到你家，以後的事你自己都曉得啦，雖沒搜著贓物，但搜到凶器一把……」

「錢大海是被我的刀殺的嗎？」

「當然不是，凶刀就插在死者的胸口上，是一柄解手尖刀，強盜打劫根本不會用這種刀。」

「那憑什麼判我的罪呢，把我刑得死去活來，我也沒招供半個字……」

「縣老爺是個糊塗官，脾氣又大，師爺再在旁邊一攛掇，那不砍你才有鬼，連贓物都不追了。」葉秦搖著頭說。「把你砍了，這案子怎麼結呢？贓物要上那兒去找呢？」

「也許有人想把它糊裡糊塗地結掉。」伏一波的眼睛亮了起來。

「人大概都要到臨死之前，腦袋才會清醒一點。」

「在今天以前，我還從來沒用過腦袋。」

「那麼你可以再多想想，縣老爺的火氣為什麼這麼大？如果這件案子只有強盜，沒有殺人……」

「他或許會捺下性子來追查贓物下落與同夥共犯。」

「也不會援用『就地正法』的條例，更別提『腰斬』這多少年沒人用過的刑律了。」

「有人故意設計激怒縣老爺。我眞倒楣。」

「你現在還來得及把你的同夥供出來。」

「那沒有用。」伏一波沉思著說。

「你老大『剪頭鬼』把你當成替死鬼，用你來頂罪，這已是再明顯不過的了……」

「我曉得。」伏一波說。「但害我的不只他一個，對不對？」

「你的腦袋愈來愈靈光了。」

「可惜我只剩下了半個人。」

伏一波低著頭，默默忍受苦痛，日已偏西，時間似乎比影子還長，忽然一條長長的人影壓在他頭上。

伏一波舉起眼，頓時露出惶急的神色。「老大，你怎麼敢跑來這裡？風聲還緊，小心點……」

剪頭鬼淒淒地望著伏一波的半截身子，好像就快哭出來。「兄弟，你我兄弟這麼久，你今天落到這種地步，我實在很難過。但你放心，我一定要抓出告密者，幫你報仇。」

「謝了，老大。」

「眞慘哪，兄弟，你是我最喜歡的兄弟……」

「老大，鐵肚皮剛剛來過。」

「我曉得，他問了你些什麼？」

「也許我不該說……」

「唉呀，沒關係啦，咱們五個一向同生共死。」

「他有點不太信任你，老大。」

「他剛剛到我那兒去，臉色很不好看。他說，你告訴他，那晚咱們一共得手了三千兩黃金。」

「沒有，我告訴他，我們只得手了二千兩。」

「是嘛，那晚咱倆在錢莊庫房裡，數目很清楚，二百根金條子，每袋裝四十條……」

「沒錯，老大。」

「那麼，鐵肚皮爲何一口咬定三千兩？」

「我說二千兩，但他說錢北斗報官的數目是三千兩。」

「錢北斗不……他那掌櫃……」剪頭鬼咳了一聲。「有些事情很複雜，我不能跟他們說得太清楚，其實我也沒搞清楚……」

「你應該把事情弄清楚也說清楚。總之，鐵肚皮大概認爲你獨吞了一千兩，你最好帶他來跟我對質。」

「不用了，鐵肚皮那傢伙……」剪頭鬼又咳一聲。「小伏，我會幫你照顧你娘，除了你那一份之外，我還要多給你娘一些。」

「謝了，老大。」

「你那一份已經交給你娘了嗎？」

「鐵肚皮剛剛才在問，說去瓦窯那兒找不到我那一份，這就奇怪了，我照你的話把東西藏在那兒的……」

「唉，那晚本就不該讓你半路先回去的，但你每次都不聽我的話……」剪頭鬼想了想。「你可有告訴別人藏東西的地點？」

伏一波壓低聲音。「我被捕之後的第二天晚上，褚師爺來牢裡看我……」

「褚師爺去看你？」

「對。褚師爺說他有辦法替我脫罪。師爺專掌刑名與錢穀，對不對，我當然相信他。他也說了一些『源記錢莊』劉掌櫃的事……」

「這些也說了？」

「稍微提了點兒，但我聽不太懂。我一直相信他可以幫我脫罪，所以我一直抵死不招，沒想到……」

「他問了你藏東西的地方？」

「對，我告訴他了。」

「我曉得了。我最不喜歡被人耍。」剪頭鬼說。「小伏，你眞夠義氣，沒有攀扯出半個兄弟，你眞是我的好兄弟。我會幫你照顧你娘。」

「伏叔叔，大家都說你是替死鬼，什麼是替死鬼？」太陽快落下去了，土蟲兒手裡捏著個窩窩頭，邊啃邊問。

「有很多事情我從來沒有仔細想過，但現在，好像就這麼一下，全想通了——任何地方，只要一發生刑案，就必須有人出頭頂罪，你懂不懂？」

「我不懂。」

「這麼說吧，如果一大幫人犯了罪，通常都會在其中挑個倒楣鬼出去頂罪……」

「萬一沒人頂呢？」

「所有的捕快都跟所有的盜匪有交情，誰幹了什麼案子，一清二楚。盜匪若不交人，捕快自然會逼他們交人。」

「萬一還是不交呢？」

「那就慘了，捕快全都要倒楣，縣老爺也要倒楣，犯案的盜匪也要倒楣，因爲朝廷一怪罪下來，『地方不靖，盜匪叢生』，派隊官兵來一剿，全縣的老百姓都倒楣，盜匪也是本地人，不但他自己要倒楣，他的家人全要跟著倒楣。」

「官兵那麼凶嗎？」

「官兵都是外地人，他們管你什麼東西？四個字——雞犬不留。」

「萬一出頭頂罪的人，受不了拶指夾棍打板子，把同夥的人全都招出來呢？」

「頂罪的人若是糊裡糊塗，並不曉得自己被同夥出賣，通常爲了死守江湖道義，就算夾死他，他也不會牽扯出半個同黨；若是他不糊塗，他也不敢招，因爲他還有親人，你懂不懂？」

「這個世界太壞了，伏叔。」

「是啊，太壞了。」伏一波說。「天晚了，快回去睡覺吧，小孩子不要當夜貓子。有空常到青草坡上的那兩棵大樹下去玩兒，說不定會找著四百兩黃金。」

「如果眞找到了，交給誰呢？」

「給我娘一些，你自己留一些。」

「你娘沒來看過你嗎？」

「沒有。她早對我灰透了心。」

「她現在應該來看看你，你現在變得……很不一樣。我回去了，伏叔。」土蟲兒站起來，走了幾步，忽又停下。「忘記告訴你一件事，褚師爺不知怎地，剛剛被人殺了，脖子上一刀，腦袋跟身體分了家。」

伏一波笑了笑。「他被砍得太上面一點了，是不是？」

月亮升上頭頂，伏一波的臉色也變得跟月亮一樣白。

鐵肚皮穿過夜色，走到伏一波身邊。「小伏，我們要走啦，永遠離開這個地方。你安心瞑目吧，你的仇，我們已經幫你報了。」

伏一波的頭垂向地面，久久不答言。

「剪頭鬼已被咱們三個殺了，你聽見沒有？」

「聽見了。」

「那個王八兔崽子，明明到手三千兩，卻偏說只有二千兩。我們逮到他的時候，他說是他剛剛殺了一個騙我們的人，說你的那一份也是被那人拿走了，但那人是誰，他又不肯講，我們一氣之下就……」

「你們在那兒逮到他的？」

「在『源記錢莊』的圍牆外頭。他正鬼鬼祟祟地好像想往裡爬……」

「唉，你們早殺了他一步。」即使在臨刑之時，伏一波的臉皮也沒像現在一樣皺。

「什麼意思？」

「唉，沒有啦。」

「我們雖殺了剪頭鬼，但還是沒找到那一千兩和你的那一份。反正沒關係，我們走了，再也不回來了。」

「一路順風，鐵肚皮。」

「小伏，兄弟夥兒都對不起你。」

「別提了。」

「咱們三個每人拿了五十兩金子給你娘，你放心吧。」

「謝謝你，鐵肚皮。」

葉秦再來的時候，天邊正好透出一線曙光，而伏一波只剩下了一口氣。

「小伏，你放鬆點兒，死得比較快。」

「我曉得。」伏一波氣若游絲地說。「該做的都做得差不多了，只可惜還有一樁未了。」

葉秦笑了起來。「我就是要告訴你，『源記錢莊』的劉掌櫃剛剛被人殺啦。殺死他的凶器，跟殺死錢大海的凶器，好像是同一把，眞是天理昭彰，報應不爽嘛。」

伏一波已將熄滅的眼睛裡又閃出了一抹火光。「殺死錢大海的凶器不是被捕廳拿了去當證物嗎？」

「本來在我那兒。」葉秦聳聳肩膀。「但後來不知怎麼搞的，不見了。」

「不見了？」伏一波一副想笑的樣子。

「是啊，不見了。」葉秦一本正經地說。「就跟『源記錢莊』的爛帳一樣，一筆勾消。我幹捕快的，最高興看到所有的恩怨情仇一筆勾消。」

「冤只冤了錢大海。」

「凶手總算給他償了命。你也不冤，小伏，老天特別厚待你。」

「大家都沒想到我能活這麼長，這事兒本來不會揭穿的。」

「人算不如天算。人要體察天意，這我很懂。」

「多謝你，葉捕頭，我很高興，我可以安安心心地死啦。」伏一波說，頭垂得低低的。

「最後一個問題，褚師爺和我老大是怎麼搭上線的？」

久久無人回答。伏一波抬頭看時，葉秦早已走遠了。

天一亮，土蟲兒就跑出家門，昨天輸了錢的王二爹正站在家門口，望著十字路中央。

「他死了，好像是在黎明時候斷的氣。」王二爹說。「他的氣眞長，簡直不可思議。」

「這是個奇怪的世界呢，老爹。」

「腰斬實在太殘忍了，讓人不死不活地拖這麼久，大半天咧，這大半天有多難過呀！」

「不會吧。他做了很多事呢。」土蟲兒說。

29.	台灣原住民族漢語文學選集──散文卷(上)	孫大川主編	200元
30.	台灣原住民族漢語文學選集──散文卷(下)	孫大川主編	200元
31.	台灣原住民族漢語文學選集──小說卷(上)	孫大川主編	300元
32.	台灣原住民族漢語文學選集──小說卷(下)	孫大川主編	300元
33.	台灣原住民族漢語文學選集──評論卷(上)	孫大川主編	300元
34.	台灣原住民族漢語文學選集──評論卷(下)	孫大川主編	300元
35.	長袍春秋──李敖的文字世界	曾遊娜、吳創合著	280元
36.	天機	履　彊著	220元
37.	究極無賴	成英姝著	200元
38.	遠方	駱以軍著	290元
39.	學飛的盟盟	朱天心著	240元
40.	加羅林魚木花開	沈花末著	200元
41.	最後文告	郭　箏著	180元

世界文學

1.	羅亭	屠格涅夫著	69元
2.	悲慘世界	雨果著	69元
3.	野性的呼喚	傑克・倫敦著	69元
4.	地下室手記	杜斯妥也夫斯基著	69元
5.	少年維特的煩惱	歌德著	69元
6.	黑暗之心	康拉德著	69元

POINT

1.	海洋遊俠──台灣尾的鯨豚	廖鴻基著	240元
2.	追巴黎的女人	蔡淑玲著	200元
3.	52個星期天	黃明堅著	220元
4.	娶太太，還是韓國人為好！？	日・篠原 令著／李芳譯	200元
5.	向某些自己道別	陳樂融著	220元

幸福世界

1.	蜜蜜甜心派──幸福的好滋味	韓・李美愛文／曲慧敏譯	260元

INK PUBLISHING 文學叢書 041

最後文告

作　　者　郭　箏
總 編 輯　初安民
責任編輯　高慧瑩
美術編輯　許秋山
校　　對　辜輝龍　高慧瑩

發 行 人　張書銘
出　　版　INK印刻出版有限公司
台北縣中和市中正路800號13樓之3
電話：02-22281626
傳真：02-22281598
e-mail：ink.book@msa.hinet.net
法律顧問　漢全國際法律事務所
林春金律師

總 經 銷　成陽出版股份有限公司
訂購電話：03-3589000
訂購傳真：03-3581688
http：//www.sudu.cc
郵政劃撥　19000691 成陽出版股份有限公司
印　　刷　海王印刷事業股份有限公司

出版日期　2003年7月 初版
ISBN 986-7810-53-8
定價　180元

國家圖書館出版品預行編目資料

最後文告／郭箏著.
--初版，--臺北縣中和市：INK印刻，
2003〔民92〕面；　公分（文學叢書；41）

ISBN 986-7810-53-8（平裝）

857.63　　92009877

INK

INK